鬼影スパナ
Illust. としぞう
ハリボテ魔導士と強くて可愛すぎる弟子

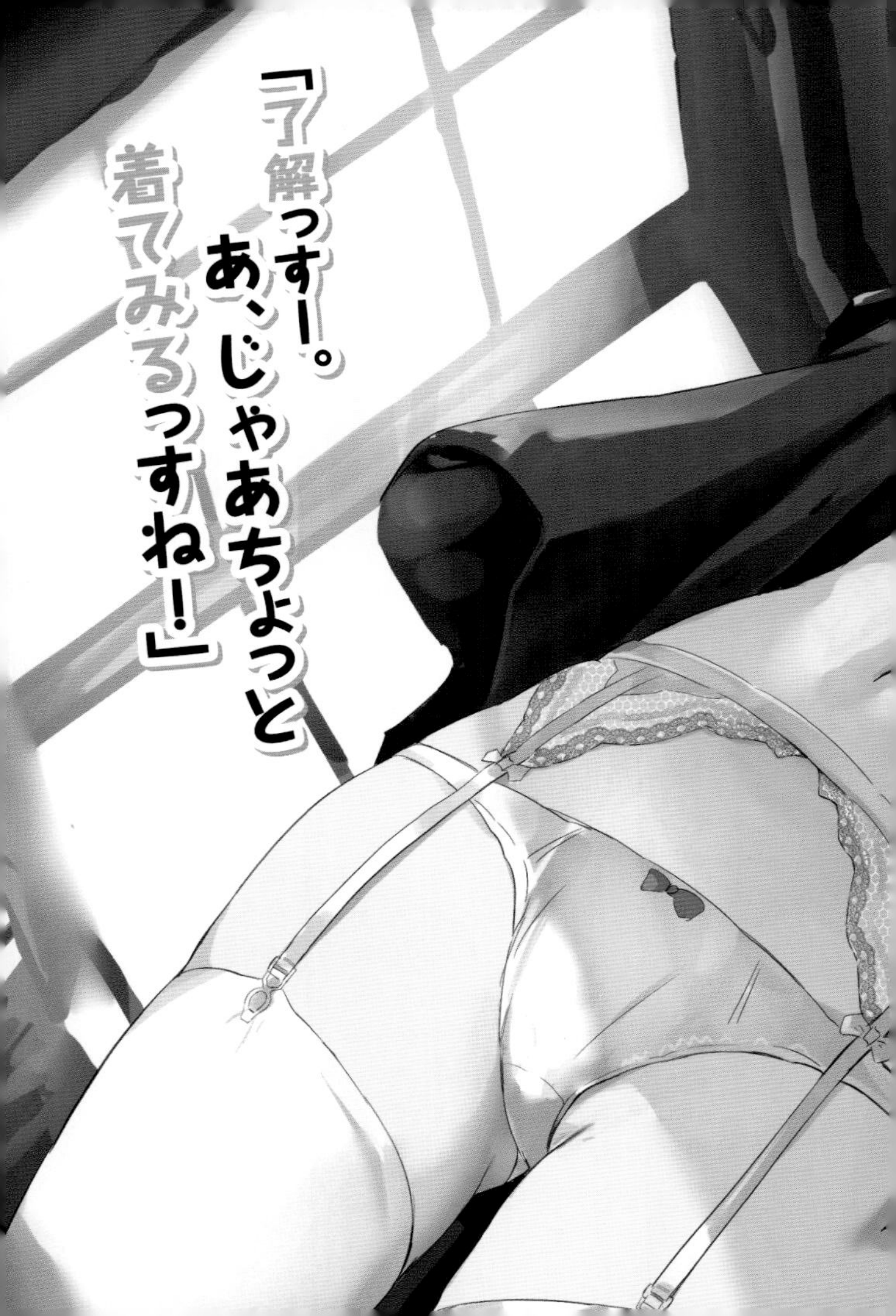
『了解っすー。あ、じゃあちょっと着てみるっすね！』

マナマルカ
ハーフエルフで、
タクトのメイド兼弟子。

カレン・キサラギ
『魔力視』の魔眼を持つ奨学生。

コッコナータ・デ・リカーロゼ
リカーロゼ王国の第二王女。

ネシャト・アンヌール
図書室の主。友達が少ない。

CONTENTS

Haribote Madoushi
To Tsuyokute
Kawaisugiru Deshi

ハリボテ魔導士と
強くて可愛すぎる弟子

鬼影スパナ

MF文庫J

口絵・本文イラスト●としぞう

プロローグ

「……早期引退して安全な町中で趣味に没頭したい人生だった……」

「何言ってるんすか師匠？」

ハーフエルフのメイド兼弟子、マルカ。彼女に引っ張り出されて、僕、タクト・オクトヴァルは、町から少し離れた岩山にピクニックに来ていた……そして、偶然遭遇したはぐれサイクロプスから隠れてそう言った。幸いサイクロプスはこちらを見失ったようだが、僕らが隠れているのは奥まった岩陰。逃げ道がない。このままサイクロプスが去ってくればいいのだが、奴《やつ》はなぜか僕達《たち》を熱心に探している。

「なんでこんなところにサイクロプスがいるんだよ。いくらウチの領が辺境だからって、だいぶ町に近いぞここ」

「そっすね駆除しないと。でも『天才魔導士』の師匠なら魔法で一発じゃないっすか」

「……そうだね」

僕はそう答えた。そう答えざるを得なかった。逃げ出したくなるのをぐっとこらえて、杖《つえ》ホルダーから自作の黒い短杖《ワンド》（柄を含めて二十五〜三十センチ程度の杖を指す）を取り出す。

「ひゅう！　師匠の魔法で一つ目のデカブツごときイチコロっすよ！」

「しぃ、声がデカいッ……マルカもやるんだよ？　杖《つえ》使っていいからさ」

「えぇー、師匠だけで十分じゃないっすか？」

そんなわけはない。僕の得意な幻影魔法は、文字通り幻影を出すだけの魔法。魔法使いの子供が練習に使うレベルの魔法で攻撃力なんて皆無。当然サイクロプスなんて騎士数人で戦うべき強敵はもちろん、ゴブリン一匹ですら倒せない。

「不意打ちで確実に倒したいし、これも修業だから……ね？　僕に合わせてファイアボールを撃ってくれ。マルカは無詠唱ができないから、ちゃんと詠唱するんだよ？」

「了解っす。出《い》でよ火の玉、敵を焼け──」

そう言って、マルカも白い短杖《ワンド》を構えて詠唱する。よし。

「それじゃあ三、二、一……ゼロ！──って言ったら、撃ってくれよ？」

「ファイアボール！……って、えええ!?　ってうわっちゃあ！」

ボゥン!!と、太陽を思わせる直径十メートルほどの炎の玉がマルカの前方に現れた。明らかに普通のファイアボールではないそれはまったく飛ばず、しかし出現と同時にサイクロプスを巻き込んで燃やし尽くす。炎の玉が消えるまでの数秒、熱波が至近距離にいた僕らを炙《あぶ》る。この程度なら蒸し風呂のようなものでダメージにはならない。

よかった、僕の想定通りである。マルカの杖も巻き込まれたが想定内だ。予備ならたっぷり作ってある。地面のクレーターも岩山だし問題ないだろう。

「ああああー!!」

「あー、先走っちゃったね。でもよくやったマルカ。これで領地の平和は守られた」

よしよし、とマルカの頭を撫《な》でる僕。マルカなら、膨大過ぎる魔力をその身に宿すマルカならやってくれると信じてた。

「せっかく師匠のレアな攻撃魔法が見れると思って誘い出したのにぃ!!」

「おおっと、問い詰めないといけない事実が出てきたぞ？　サイクロプスがいるって知ってて僕をここまで誘い出したの？」

それは危険な魔物の報告義務を怠った、ということになる。いや、マルカにとっては危険ではないのかもしれないけれど。なにせ魔力が溢《あふ》れすぎて常時身体強化がかかっている状態になっている程だし。

「あっ、ち、違うっす！　誘い出したのは師匠じゃなくてサイクロプスっす！」

「余計悪いよそれ!?　一歩間違えば魔物誘致罪だよ！　何してんのマルカ！」

「じ、自分は何も知らないっすー！」

今更しらばっくれてももう遅い。僕はマルカを叱りながら、今日もザコバレのピンチを脱することができたことに安堵《あんど》した。

実は弱っちい僕――タクト・オクトヴァルが、まったくもって相応《ふさわ》しくない『天才魔導士』などと呼ばれているその理由は二つ。

ひとつはオクトヴァル伯爵家が歴代の筆頭宮廷魔導士を輩出する由緒正しい魔導士の家系であるから。代々魔法に優れており、まごうことなき魔導士の血筋と言われている。

もうひとつは僕自身が、僅か八歳にして『ステータス魔法』を開発したからだ。個人の身体的情報を定量的な数値にして表示するという、「どうして今までなかったんだ！」と万人に言わしめるほどの画期的なステータス魔法。魔道具にして誰でも使えるようにしたことでこの魔法は瞬く間に国内外に広まった。その功績をもって、僕は九歳の時に国王陛下直々に『特級魔導士』の称号を賜ったのである。

つまり、天才で魔導士。だから『天才魔導士』。そのまんまだ。ただし、僕には致命的な欠点が一つだけある。

「……ステータスオープン」

僕がそう唱えると、魔道具を介さず幻影魔法が発動し、ステータスウィンドウが空中に浮かび上がった。そこには僕の現在のステータスが表示されているわけだが……

タクト・オクトヴァル

	現在値／最大値
HP	25／25
MP	4／5
STR	18／18
VIT	16／16
AGI	18／18
INT	250／250
DEX	150／150
MND	155／203

　このステータスは、様々な能力が総合的に数値化されている。HP《体力》やMP《魔力》といった現在値の変動しやすい値、STR《筋力》、VIT《生命力》、AGI《敏捷性》といった肉体の強さ。INT《知力》やDEX《器用さ》、MND《精神力》といった目では見えにくい力。数値の基準はそれぞれの値を特化して使う専門職——STRであれば鉱夫、VITであれば騎士、DEXであれば細工師の、一般的な一人前の人物達《たち》からデータをとり、その平均を100としていた。

「何度見ても、たったの5か……」

つまり僕のMPは、本来魔導士に必要な二十分の一でしかないという事だ。クソザコナメクジなMP5。その代わりと言っては何だが下三つ、INTやDEX、MNDといった文官向けパラメータが非常に高い。これでMPさえあれば完璧な魔導士である。MPさえあれば。

事故で亡くなった両親は、どちらもMP500ある立派な魔導士だったのに……もしかして僕は拾われてきた子なのでは？　と思ったこともあったけど、自身の珍しい黒髪が由緒正しいオクトヴァル伯爵家の直系であることを如実《にょじつ》に表していた。

「他ならともかくオクトヴァル家の跡取りとしては致命的だ」

オクトヴァル伯爵家はリカーロゼ王国の魔導四家のひとつに数えられ、国東の守護を任されているエリート戦闘系魔導士だ。

その当主がMP5で良いはずがない。というか魔物討伐に駆り出されたら死ぬ。間違いなく死ぬ。たとえ切り札的に扱われても、いざ切り札が必要になったとき、ハリボテの役立たずでしたとか皆を巻き込んで死ぬ。僕はまだ死にたくないし、巻き込んで人を死なせるのもゴメンだ。

だから祖父に跡取りの辞退を申し込んだこともあるのだが——

我がリカーロゼ王国の法律では、『当主が宣言した内容は、当主以外に撤回はできない』と定められている。これは当主の権限を強め、不当な簒奪《さんだつ》を牽制《けんせい》するための法律だ。たとえ幽閉・暗殺して当主が不在となっても、当主が事前に跡取りを宣言しておけばその者を次の当主にするしかない。

そして亡き父、レクト・オクトヴァルは、まさに当主として僕が跡取りであると宣言していた。それも、僕が『特級魔導士』の称号を授与された王城でのパーティーにて、よりにもよって国王を証人として。

この宣言は、本当の事故死でも覆《くつがえ》せない融通の利かない代物《しろもの》であり、前当主にして当主代行、現役の宮廷魔導士筆頭でもある祖父ダストン・オクトヴァルでも覆すことは無理だった。それこそ、オクトヴァル家が潰《つぶ》れない限りは。

――要するに……穏便に済ませるには、僕が一度当主になり、その後すぐ別の者を当主に任命して引退する必要があるわけだ。

ならすぐ当主になればいい、と思いつくだろう。だが貴族の当主になるには、国で定められた教育機関を卒業しなければならない。これは下手な者を貴族家の当主にしないための措置である。

でもまぁここで必要なのは時間だけ。

今年十五歳となり国指定の学校に入学できるようになった僕は、指定教育機関で一番卒業が簡単と評判のジーラン校に願書を出し合格通知をゲットした。願書を出すだけで入学できるんだからチョロい。しかもここは引き籠りな僕にもってこいの通信制という最高のシステムを導入している。

で、卒業して当主になったら一歳年下の従妹《いとこ》アングル・オクトヴァルを次期当主に指名し、つなぎの当主を一年だけやって即引退だ。既に長い事当主不在が続いているわけだし、僕が一年間テキトーに当主をしても問題なく回るはず。

そうすれば、悠々自適な楽隠居生活！

なんてすばらしい人生設計。この早期楽隠居生活のために、僕は僕がMP5のクソザコナメクジであるという秘密を守り通す、とおじい様に誓っているよ。

「師匠ー、洗濯物届けにきたっすよー」

「ん、マルカか」

自室兼杖《つえ》工房の部屋でジーラン校の合格通知を見ていると、マルカがメイドの仕事にやってきた。

銀髪赤眼《め》のハーフエルフメイド、マナマルカ。愛称はマルカ。エルフ程ではない少し尖《とが》った可愛《かわい》いお耳に、銀色の髪。忌み子の証《あかし》とかいう赤い瞳をもった、僕と同い年にしてと

ても大きな胸を持つ無駄に元気な女の子だ。十歳ごろに孤児だったマルカを保護して色々と面倒を見たり教えたりしているうちに、僕の事を師匠と呼んで慕ってくれるようになった。

マルカは慣れた手つきで僕の着替えをタンスに仕舞《しま》う。保護した時は本当にガリガリの子供だったのに、今じゃすっかりメイドが板についているな。……たまに凄《すご》いヘマや悪さもするけど。先日のサイクロプス誘致とか。

「ああマルカ。杖《つえ》の補充分を作ったから持ってくと良いよ」

「あざーっす！……師匠ー、机、少しは片付けた方がいいっすよ？　またメイド長に叱られても知らないっすからね」

そう言ってマルカは机の上に置いてあった白い短杖《ワンド》を拾い上げ、ついでに木の削りカスと乾いた粘土の欠片《かけら》もささっと掃除してくれた。

「杖で思い出したっすけど、師匠って学校にいく歳《とし》っすよね？　やっぱりオラリオ魔導学園っすか？」

オラリオ魔導学園。国家資格である『魔導士』の資格が取得できる唯一の教育機関だ。もちろん通信制などではなく、王都にある学校に通う必要がある。

「いや、ジーラン校だよ。通信制で、家にいながらにして通えるし」

「え、いいんすか？　魔導学園行かなくても？」

目をぱちくりさせるマルカ。

「いーのいーの。だって僕もう特級魔導士だもん、行く必要ないんだよ」

「そうなんすか！　さすが師匠っす！　んじゃ、自分次の仕事行ってくるっす！」

「うん、頑張ってね。メイドの仕事も修業だよ」

「うっす！」

適当なことを言ってマルカを見送り、僕はオクトヴァル領の地図を広げ、従妹《いとこ》に家督を譲った後の隠居先によさそうな場所を探す。僕の趣味でもある魔法杖作りの工房を開くのだ。杖作りは本来は引退した魔導士が老後の手慰みにやるような仕事のため、専門の工房というのはない。つまり競合他社が少ないブルーオーシャン。まぁ僕も特級魔導士で引退するんだし、丁度いいでしょ？　と思う。

それに、以前作りすぎて置き場が無くなった杖をオクトヴァル家御用達《ごようたし》の店でコッソリ偽名で売ってもらったのだが、結構人気があるらしく「何本でも持ち込んでください！」とお世辞抜きで言われた程だ。月に数本作れば結構いい暮らしが送れる見込み。

魔法杖作りについては魔法と違って自信がある。それに、僕には他の杖職人には絶対に真似《まね》できないであろう秘匿技術だってあるのだ。普段「杖を手放せないとか……まだまだ子供だな」と鼻で笑うおじい様が、冷や汗をかいて「すまんタクト。この技術は機密とする」と頭を下げてきたほどの特殊な代物《しろもの》。

その発見は本当に偶然だったが、杖《つえ》の中に極小の魔法陣を仕込むと、その魔法の消費MPが大幅に軽減されるという技術だ。……普通は小さな杖の、さらにその芯材の中にミクロな魔法陣を仕込むなんてしないしできないもんな。魔力が多くて大雑把《おおざっぱ》な魔力操作しかできない上に老眼の引退魔導士なら尚更《なおさら》だ。

僕のMPが少なくて良かった唯一の点と言えるだろうか。もっとも、機密だから僕専用の杖にしか使えないし、軽減したところで消費MPが5を下回る実用的な魔法は少なく、攻撃力のない幻影魔法と音魔法しか使えないのだけど。

「うーん、工房はやはり良質な木材が入った時に分かりやすい伐採所の近くだろうか。それとも魔物素材の手に入れやすい冒険者ギルドの近く？　できることなら将来的には魔道具も作りたいし、魔石の入手を考えるとこっちなんだけど……冒険者はガラが悪いし、治安が心配だなぁ……」

と、ノックがある。マルカが戻ってきたのかと思ったが、あいつはノックと同時にドアを開ける癖が未《いま》だに抜けないので違うだろう。

「誰？」

「私です坊ちゃま。入ってもよろしいですか？」

「あー、どうぞ」

メイド長だった。メイド長は部屋に散らかった杖の素材や工具、あと加工時に出た木くずやらの塵《ちり》に顔をしかめつつ「坊ちゃま、大旦那様が至急来るようにとのことです」と用件を言った。……用件それだけなら部屋に入ってくる必要なかったよね？　んもう、非効率的だなぁ。

「おじい様が何の用だろ。すぐ行くよ」

至急というからにはすぐさま駆けつけなければ怒鳴られるに違いない。やれやれ、と僕は立ち上がり、仕方なく砦《とりで》のような（かつては実際に砦だったらしい）実家の執務室へと足を運んだ。

執務室の立派な椅子に堂々と座る風格のある老人、祖父ダストン。加齢により白くなった髪と顎髭《あごひげ》、顔に刻まれた皺《しわ》こそ老人だと告げているが、その屈強な体つきは未だにおじい様が宮廷魔導士筆頭として現役である証明といえる。

執務机を挟んで、僕はおじい様の前に立つ。

「おじい様。急ぎの話とは何でしょうか」

「うむ。タクトよ、貴様の希望を認める代わりに、義務を果たしてもらう必要がある。それは理解しているな？」

おじい様が僕を「貴様」と呼ぶときは大抵怒っているときだ。はて、一体何を怒っているんだろうか？

「希望ってのは、僕の将来の話ですよね。引退後の」

「……そうだ。従妹《いとこ》に家督を譲るために、貴様には中継ぎとして一度は当主になってもらう必要がある、と、儂《わし》は貴様にそう言ってあったよな？」

「はぁ。それは理解していますとも」

このリカーロゼ王国の法律で、亡き父レクトが「タクトが次期当主！」と宣言したからそれを確実に守らなければいけない、という奴《やつ》だ。

「貴様が既に魔導士の称号を得ているため、卒業を待って当主になることが決定していたのだが……」

「ええ、何か問題でも？」

ダンッ！　と執務机が殴られる。

「大アリだバカモン！　タクトよ。貴様なぜオラリオ魔導学園の入試をすっぽかした!?」

はて。と僕は首をかしげる。

「……おじい様、僕はもう魔導士なので魔導学園に行く必要はないでしょう？　だから僕は別の学校を受けておきましたよ、ほら」

そう言って僕は丁度持ち歩いていたジーラン校の合格証書を取り出した。

「いやぁ手紙で課題をこなせば学校に通ったことになるなんて便利な世の中ですね！　あとは三年後の卒業と共に成人で当主就任という寸法ですよ」

引き籠って魔法杖《つえ》を作っていたい僕にはピッタリの学校だ。しかし、おじい様は失望交じりの深い溜息《ためいき》を吐《つ》いた。

「……知らなかったのか？　ジーラン校はあまりにも進学基準が緩すぎたため認可取り消しとなった。卒業しても、当主にはなれんぞ」

なん……だと……？

「杖作りばかりにうつつを抜かし、貴族として最低限の情報収集すらを怠るからこうなるのだ！　バカモンが！」

「おお、教えてくれても良かったじゃないですかぁあ！　そんな大事な事っ！」

「儂は貴様がオラリオ魔導学園を受けたとばかり思っておったんじゃ！　そもそも、貴様が入学を許される学校はオラリオ魔導学園しかないんじゃから！」

「で、でもジーランは僕に合格証書くれましたが⁉」

「そんな風にガバガバだから認可が取り消されたんじゃろ！」

ぐぅの音も出ない正論だ。

「そもそも魔導士というものは王立オラリオ魔導学園を卒業せねばなれない身分。そして、貴様の特級魔導士の称号は、魔導学園を卒業することを前提として陛下から授けられたものであろうが！」

そう。『魔導士』の称号は、魔導学園を卒業した者のみに送られるものであり、それ以外は魔法使い、魔法士といったように区別される。魔を導く最先端の者達《たち》であるからこそ魔導士と呼ばれる資格があるわけで……。

「って、魔導学園卒業前提だったんですか？」

「当たり前だ！　このたわけ！」

称号を頂いた当時は僅かに九歳だったので、この王冠被《かぶ》った髭《ひげ》のおっちゃん偉そうだなくらいにしか思っていなかったが、そういえば陛下はそんなことを言っていたような気がする。

「まぁ当時九歳の僕が覚えてるわけないでしょ、成人の半分の歳《とし》の子供ですよ？　それにあれから色々あったんだし」

「うぐ……確かにそうだが……常識というものがあるだろう！」

そんなもんすっかり忘れて杖《つえ》作りと魔力を上げる特訓に励んでたんだもん……上がらなかったけどね！　MP5のクソザコナメクジだけどね！

「でもさすがに僕が魔導学園に入学するわけにはいかないでしょ。あそこ、入試受ける条件が『MP30以上』ですよ？　僕のMPいくつか覚えてます？　5ですよ？」

「だが、陛下から賜った『特級魔導士』の称号がある以上、おぬしが入学できる学校はオラリオしかないぞ」

他の学校に行くことは言語道断らしい。なにそれ聞いてない。

「……では、称号を返上します？」

「このド阿呆《あほう》！　陛下から直々に授けられた称号を返上するとは何事か！　そもそもなんと言って返上する気だ!?」

バンッ！　と執務机を叩《たた》くおじい様。確かに返上するには正式な理由が必要で、正直に言ってしまえば僕の嘘《うそ》がバレる。「陛下を謀《たばか》っただと、縛り首だ！」なんて事もあり得るわけで……うん、できないね。

「儂《わし》が当主の代行を認められているのは、貴様が成人するまでだ。貴様が家督を継げず成人してしまえば……家督が宙に浮く。もしそこで貴様に卒業の見込みもないとなれば、このオクトヴァル家は国に接収されることになるだろう」

「ええと、つまり……」

オラリオ魔導学園に入学するにはMPが足りない。でも特級魔導士である僕が入学を許されるのはオラリオ魔導学園しかない。称号の返上はできない。学園を卒業できなければ当主にはなれない。次期当主には僕が指名されており、僕が当主になれなければオクトヴアル家は消滅。

「わぁ、オクトヴァル家滅亡までのロードマップ。最悪なコンボが成立してますね……」

「……抜け穴がない事も、ないぞ」

「！　なぁんだまったくおじい様ったら人が悪い！　さすが宮廷魔導士筆頭ですね！　で、その抜け穴ってのは？」

ダストンの目つきが厳《いか》めしくなる。

「次期当主の指名は、古来よりたった一つだけ例外があってな。『指名された者が死亡した場合、無効となる』のだ。……タクト。貴様、死ぬか？」

ギロリ、と僕を見る目には殺気が籠っていた。

「ひぇっ！　なしなし！　やっぱなしでお願いします！」

僕がぶんぶんと手を振って拒否すると、おじい様は「だろうな」と緊張を解いた。

「儂《わし》も可愛《かわい》い孫を手にかけたくはない。二度と会えなくなるのは寂しいからのう」

「だったら殺さないでくださいよ!?　可愛い孫を！」

「……だがお前の従妹《いとこ》アングルも儂の可愛い孫だからな。孫の誰かに伝統あるオクトヴァル家を継いでもらいたいのは当然……最近の杖《つえ》作りにばかり傾倒している貴様を見ていると『一人くらいなら孫を消しても良いのでは？』って気分になってきてな……？」

「やめてくださいよ!?」

「冗談じゃよ、冗談……な、可愛い孫Ａよ」

……殺《や》る。このジジイは必要とあれば間違いなく殺ってくる。僕はそう確信した。

「故に、貴様にはいかなる手段を用いてでも魔導学園を卒業してもらう。いいな？」

「は、ははぁ！　かしこまりました！」

慈悲深い祖父に感謝し、軽く頭を下げておく。僕に逆らえるだけの実力はないのだ。


しかし。そこでオクトヴァル家滅亡のロードマップ、第一ステップに立ち返る。

「……で、でもおじい様？　僕の最大ＭＰが５なのは変えられない事実ですよ？　これをどうする気ですか。入試がそもそも受けられません」

そう。僕は入学資格を満たしていない。入学試験が受けられないのにどうして学園に行くことができようか。三年間通う以前の問題だ。

「……そこは、オラリオの学長が儂の知り合いだからなんとかした」

「わ、手配済みだったんですね。さすがおじい様——って、裏口入学！　宮廷魔導士筆頭がそんな堂々と悪事を働いていいんですか!?」

「人聞きの悪いことを言うな。タクト、おぬしは特別入学枠だ。前例はないが、それは今までおぬしのように魔導学園入学前に魔導士になっている人物が居なかったためよ。今回が初の事例となる故に、ちょっとゴタゴタした。それだけの話だ」

前例がなくて手続きに乱れがありました……ということらしい。物は言いようである。

「それにこう考えるんじゃ。……貴様の入学が決まったのは六年前。当時はまだMPによる条件はなかった。そして『その当時既に合格していた』ので、貴様の最大MPが5だろうが問題ない――という理屈じゃ。今年入学試験を受けなかったのは、既に入学が決まっていたのだから当然じゃな。対外的には説明が面倒だから試験は受けたことにしたとなっているだけじゃよ」

「理屈とか言ってる時点でアウトでは？」

「まぁ此度《こたび》の件はこちらにも不手際があった。その詫《わ》びに寄付金を弾む事になったが……何、オクトヴァル家は魔導士の血筋。魔導士育成のためにオラリオに寄付するのは当然の事だし、家の財産からすれば微々たる額よ」

「うわぁ。おじい様さぁ……」

結局、試験を受けていなかった事もMPが足りないのもまるっとお金で解決したということである。……結局裏口じゃねぇか！とは思ったが、これ以上はもう口に出さないことにした。なにせ僕の楽隠居という野望の為《ため》には必要な事なのだから……おじい様が僕のために手を尽くしてくれた、これも家族の愛だと受け止めておこう、そうしよう。悪事に手を染めても大事な祖父さ。

「……ちなみに学長さんは僕がMP5しかないの知ってるんですか？　裏口ついでに諸々《もろもろ》協力してくれるとありがたいんですが」

「儂《わし》はあやつを信用しておらん、とだけ言っておく」

つまり『とにかく隠しとけ、学長の協力は期待するな』って事ですね分かります。とりあえずは学長も知らないという前提で動いておこう。なにせ裏口入学を認めちゃうような悪人なわけだし。


「そんなわけで話は以上だ。万事滞りなく入学するように」

「って、それだけじゃ困りますよ！　僕のMPじゃすぐバレますよ！　幻影魔法を使ってたらハリボテだってすぐバレちゃいますって！　オラリオの教師陣は一流の魔導士達《たち》なんですよ!?　誤魔化《ごまか》せるわけないでしょ!?」

話を切り上げようとする祖父に、僕は慌てて口をはさむ。

「おっと、大丈夫だ。貴様は特別入学だからな、当然補佐がつく」

前例のない特別待遇に当然と言われても。

「……補佐ですか？」

「マナマルカを連れていけ。お前と同じクラスになるようねじ込んでおいた」

「えっ、マルカを……ですか？」
忌み子として村を追放された元孤児、銀髪赤眼《め》のハーフエルフメイドのマルカ。その一番の特徴は、宮廷魔導士筆頭のおじい様をも上回る膨大すぎる魔力量だ。先日見せてもらったマルカのステータスは以下の通りである。

マナマルカ

	現在値／最大値
HP	23／23
MP	5025／5025
STR	15／15
VIT	20／20
AGI	19／19
INT	30／30
DEX	10／10
MND	9／9

……いい子ではある。いい子ではあるんだ。ちょっと物忘れの激しいおバカで、かつ思考が斜め上の天才肌で、そして今は最大ＭＰ５０００を超える歩く危険物なだけで。比較

対象として、宮廷魔導士筆頭のおじい様のMPが1000であることを考えるとどれ程ヤバいかお分かりいただけるだろうか。

それに魔力量が桁違いすぎるマルカは、魔力を制御しきれずポンポンと魔力暴走を起こして周囲を吹っ飛ばしていた。忌み子と呼ばれる由縁《ゆえん》は間違いなくこれだろう。歴代の赤眼ハーフエルフも魔力がすごかったに違いない。

「マナマルカはおぬしを師匠と呼び慕っているし、おぬしが隠居したら付いていくと言っている。可愛《かわい》い奴《やつ》ではないか、なぁタクトよ」

「この一桁のMNDから分かる通り、魔法制御力が最悪なんですけどそれは」

「膨大過ぎる魔力量故じゃな。儂《わし》も苦労したものよのう」

以前、マルカは風魔法で部屋を掃除しようとして跡形もなくすっきり吹き飛ばしたこともある。タクトがつきっきりで指導し、最近ようやく魔力暴走もしないよう落ち着いてきたわけだが……。

「マルカをオクトヴァル領の外に出すとか……それはそれで正気ですか？」

「おぬしが魔力操作を教えたんじゃろ？　師匠として責任を持て」

「責任取れないから言ってるんじゃないですか！　ようやく基礎の基礎ができたってレベルですよ!?　あとそれを抜きにしても、あいつは僕が制御できるような子じゃないんですが……本気でマルカを連れてけと？」

「だが貴様に足りないMPを持っている。それも膨大な、な……」

確かに5000もの、僕千人分以上で、端数すら僕を軽く超えるMPは素晴らしいとしか言いようがない。まともに扱えれば、の話だが。

「良いかタクトよ。マナマルカを使って上手《うま》く三年間誤魔化《ごまか》せ。貴様のMPが5しかないとバレたらさすがに退学だろうし。このためにおぬしのMPのことを隠してたんじゃぞ」

「やっぱり裏口入学じゃないか！」

「おぬしの学力と制御力、マナマルカの魔力。足して二で割れば五人分くらいの合格にはなる。ならば二人が入ったところで問題ないじゃろ」

なるほど確かにー……って勿論《もちろん》そんなことはない。

「問題大ありだろうがよぉ!? クソジジイ！　どうやって卒業しろってんだよ！」

思わず被《かぶ》っていた猫が逃げ出し素で暴言を吐く。

「じゃかぁあしい！　日常生活で明かりを点《つ》けたり水を出したりの生活魔法を全部マナマルカにやらせれば、貴様の少ないMPを全部授業に使えるじゃろ！　あとは貴様の得意な杖《つえ》でもなんでも使って小細工しとけ！」

「あー！　あー！　小細工とか言っちゃうの!?　魔導士が魔法杖を小細工とか言っちゃうの！　まったく宮廷魔導士の筆頭がこれじゃあ世も末だね！」

「日頃から杖なんぞに頼るのは、未熟な子供と衰え始めた老人くらいじゃ！……まぁそれはさておき」

「さておかないでください重要な事です！　この老害！　宮廷魔導士がそんなこと言うから杖があまり広まらないんですよ！　魔法杖ってのはもっと広く使われるべきだ！　僕なんて杖がなきゃ得意な幻影魔法や音魔法ですらろくに使えないんだぞ！」

「議論をすり替えようとするな！　今は義務の話だ!!」

ダァン！　と勢いよく執務机を叩《たた》く祖父に、ビクッと竦《すく》む。大きな音は反則だって！

「……ともかく魔導学園には入学してもらう。手続きは済んでいる。……これで卒業できなければ死んでもらうからな、覚悟しておけ」

「マジですかクソジジイ」

「今から死亡届を用意しておこうかのう……死因は何が良い？　無難な所で病死にしておくか？　儂《わし》は病気の呪いも使えるからな、多少苦しいが、まぁええじゃろ。あとクソジジイは地味に傷つくからやめろ」

「くっ……わ、分かりましたよ。卒業すりゃいいんでしょ、おじい様」

「分かればよろしい」

どちらにせよ、将来杖職人として隠居するためにもこの義務からは逃れられない。実家がお取り潰《つぶ》しになっては楽隠居だってできやしないからな……

僕は、諦めて了承の返事をした。

「それと入学祝いだ。タクトよ、これを持っていけ」

「はい？……お、おじい様！　これは!!」

「かねてより貴様が魔法杖《つえ》の素材に使いたいと言っていたゴールドドラゴンの逆鱗《げきりん》じゃ」

そこには、金色に輝く手のひらサイズの鱗《うろこ》が一枚あった。このサイズであれば金貨五枚は下らないだろう。平民の一家族が二、三年は暮らせる価値がある。

「レクト達《たち》が討伐した最後のドラゴンの逆鱗。どうしても処分できず取っておいた代物《しろもの》じゃが……おぬしなら使いこなせるだろう？　せいぜいマシな杖でも作れ」

「おお……」

ある意味両親の仇《かたき》とも言える素材だが、そんなことは関係ない。直接の死因は落石事故の方だ、素材に罪はない。そんなことより素材の特性から調べなくては！　逆鱗でも鱗なんだから通常の鱗のデータが参考にできるはず！

「ちょっと興奮してきた。どんな杖つくろう！　デザインから凝りたいよなぁ」

「言っておくが、地味な隠し杖にするのだぞ」

「う、そ、そうですね……もったいないですが」

隠し杖。魔法杖を持たない無手であると見せかける秘密の武器だ。……うん、魔法杖を使っても普通未満だとなったら、実力がバレてしまうもんな。欠点は魔法杖を二重に使う

ことはできないので更に「杖《つえ》を使え」と言われると困る事。

「そこは折角《せっかく》儂《わし》が杖を使わない主義を主張しているのだから、存分に利用せよ。儂の意向といえば断れるし、儂の孫なのだから黙っていれば隠し杖ともバレぬじゃろ」

ハッ、と僕はおじい様の考えを理解した。

「ま、まさか……このためにおじい様は『日頃から杖を使うのは未熟な子供か衰えた老人だ』などと心にもない主張を⁉　感服いたしました！　今度おじい様用の杖を作ってプレゼントさせていただきます！」

「いや？　それは本心じゃが？　杖なんぞ使ってたら腕が衰えるわ、いらぬいらぬ」

「見直して損したよクソジジイ……」

そこは孫のために仕方なくであってほしかったよ！　もう！

「鱗《うろこ》はいらんようじゃな」

「有難く頂戴します！　おじい様大好き！」

かくして、僕は最高級の素材を取り上げられる前にさっさと執務室を後にした。

僕が自室兼杖工房へ戻ると、すっかり綺麗《きれい》になった工房がそこにあった。

「しまった、片付けるなと言ってなかった、最適な配置になっていたのに」

おのれメイド長め。部屋に入ってきたのはこのためか。まぁすっきりして気持ちいいのは間違いないけど。

……と、ノックがあった。メイド長なら文句とそしてありがとうの一言でもくれてやろうと思ったのだが、誰かを聞く前に勢いよくドアが開いた。

「師匠ー！」

飛び込むように入ってきたのは、先程祖父との話にも出てきたマルカだった。

「いい加減ノックの返事を待つという事を覚えて欲しいんだけどなぁ」

「おっと、うっかり忘れてたっす！　やり直すっすか？」

「いや、いいよ」

タクトはため息を吐《つ》いた。ノックするだけマシにはなったのだと思うことにしよう。

「そうだマルカ。丁度話がある。どうやら僕はオラリオ魔導学園に入学するらしい」

裏口から、とは言わなかった。マルカなら何かの拍子にうっかり口を滑らせるに決まってる。ならば知らない方がいい。『水の入っていない器からは水はこぼれない。それがボロボロに罅《ひび》割《わ》れた器でも』というのはオクトヴァル家にひそやかに伝わる格言だ。

「奇遇っすね！　なんか自分もさっきオラリオ魔導学園の合格通知が届いてたんで報告に来たんすよ。受けてないのに凄《すご》くないっすか？　あ、寝てる間に受けてたんすかね？」

「お、おう。そうかもな？」

なんというおバカ。寝てる間に王都にあるオラリオ魔導学園まで行ってテストを受けて帰ってきてまた布団に潜ったとでも言うのか。ありえないってばよ。

「でも師匠、ジーラン校は良いんすか？ 合格通知届いてたじゃないっすか」

「おじい様曰《いわ》く、こっちじゃなきゃダメなんだとさ」

入学しても当主資格がもらえないなら意味はない。僕はジーラン校の合格通知を破り捨てた。はぁ、残念だ。

「ふーん……でも、師匠も行くなら丁度いいっすね！ 学園でもお世話できるっすよ！」

「ああ、うん。そうだな。……頼むぞ」

「任せてください師匠！ めっちゃお世話しますよ！ 自分の神速のシーツ替えを見せてやるっす！」

むん、と袖を捲《まく》ってぷにぷにの細腕を見せつけてくるマルカ。その細腕に僕の、そしてオクトヴァル家の命運がかかっていると思うと激しく不安になってくる。

「ところで師匠、なんで特級魔導士の師匠がいまさらオラリオ魔導学園に？」

「面倒な事情が……ま、おじい様からの命令、ってことでね、うん」

「大旦那様の命令っすか。ふむ？」

僕が最大MP5であることをマルカは知らない。あっさりどこかで漏らしそうだし、自分を師匠と慕ってくれているマルカには言えないというのもある。これもまた秘密という水である。

……隠居するときには教えようと思ってるけど、それでもついてきてくれるかなぁ。ついてきてくれると嬉《うれ》しいんだけど。

「師匠、自分、どこまでもついていくっすから……！」

急にそう宣言され、ドキッとする。

「ん？　な、なんか言ったか？」

「なんでもないっす！　師匠、学園楽しみっすね！」

にこっと眩《まぶ》しい笑顔。後ろめたい気持ちがちくちくと僕のお腹《なか》を苛《さいな》んだ。

かくして、僕は若干（？）おバカで魔力無双なメイドを連れ、魔導学園を卒業するミッションを課せられたのである。

……なるべく目立たず、ひっそりと通学しよう。僕は心にそう誓った。

#Side　マルカ

「魔導学園、楽しみっすねぇー♪」

師匠の部屋を出て、ふんふーんと鼻歌を歌いつつ、大好きな師匠と一緒に通う学園生活を思い浮かべて……ああ、楽しみっす！　多分学園には王都にあるオクトヴァル家の別邸から通うことになるっすよね？　しかも自分が従者だから二人っきりっす！

いやぁー、身の回りの世話をするのが従者の役目っすからね、他の子は要らないくらいバッチリ働いて見せるっすよ！

「しかし、大旦那様の命令ってなんすかね？」

はて、と首をかしげる。元々師匠は学校で学ぶことなんてとっくに大旦那様から教わっているはずっす。『卒業資格を取るためだけの通信教育でいいだろ』と言ってたくらいなのに、それを曲げて通学するとは——はっ！　つまり、そこに答えがあるっすね!?

「！　そうか、分かったっすよ！　これは嫁探しに違いないっす！」

確信っす！　師匠が『マルカはよくもまぁ僕の斜め上を行く発想をするよなぁ』って褒めてくれる自分の頭脳が火を噴いたっす！

なにせ通信教育では『出会い』が無い。お嫁さんをとることは貴族の大事な仕事っすから、大旦那様はオラリオ魔導学園に通う事で嫁を見つけてこいって命令したに違いないっすよ！　魔導士の嫁を探すなら同年代の才能ある魔導士候補生が集まるオラリオ魔導学園ほど相応《ふさわ》しい場所は無いっす。実際、今は亡き旦那様と奥様もオラリオで出会ったっていう話っすからね！

……てっきり師匠は自分で妥協するものだと思ってたから少しガッカリしょぼんな所はあるっすけど……ま、貴族の師匠と元孤児でメイドの自分じゃぁ身分が釣り合わないのは事実っす。ここは師匠の嫁探しを手伝うとするっす！

「ん？　でも待つっす。自分だって魔導学園の合格通知が届いてたんすよねぇ？」

大旦那様がオラリオ魔導学園で嫁を探せというのなら、そこに合格してる自分も十分候補になるって事じゃないっすか？　だって、受験した覚えとかないし。これは大旦那様が手配してくれたってことっすよね？

「こ、これはあれっすね！　自分にもチャンスがあるって事っすか⁉　うぉおおお⁉　やっべ、なんか興奮してきたっす！」

思わず飛び跳ねると、おっぱいがぽよんと揺れるっす。そういえばおっぱいが大きくなり始めたころから一緒に寝てくれなくなったんすよねぇ。つまり、師匠が自分のことを女として意識してるのは間違いないっす。……昔みたく同じベッドで、けど昔とは違う感じに一緒に寝たりとかもしちゃったりなんかして⁉

「だ、だめっすよ師匠！　自分、師匠の事好きっすけど！　その、いいっすけど！　いいっすけどだめなんすよー！　きゃー！」

しかも自分は師匠とひとつ屋根の下で暮らすわけっすよ！　いや、今もオクトヴァル砦《とりで》で一つ屋根の下と言えなくもないんすけど、よりぎゅっと身近な距離で！　二人きり、邪魔する人もいないっす！　なんなら自分から師匠の部屋に押し入って……

……と、色々考えてはみたものの、やっぱり自分では身分とか立場に問題があるっす。お貴族様の結婚では個人の感情より家の利益とかも考える必要があって。次期当主である師匠の嫁には、それ相応の利益がなければならないわけで……

「自分はよくて側室っすよねー……ってぇことで！　正室探しを手伝うっすよ師匠！」

ぐっとこぶしを突き上げ、今は亡き旦那様と奥様にも誓うっす！　師匠のお嫁さんを見つけてあげることを！　ついでにハーフエルフの自分が側室でもいいって人なら尚良《なお》し！

楽しい学園生活の幕開けっすねぇ！

——Side END#

▼第一章　ドキドキ！　学園生活スタート！（※裏口バレたら即死亡）

リカーロゼ王国王都。いくつかの山を眺められる平原にあるこの都市は、王国においてもっとも栄えている。中央には王城と、周囲を囲う貴族街。さらにそれを囲う平民街と、それを守る外壁がある。昔の王族が土魔法で作った石レンガを素材にしており、何度かの魔物災害を受けても一度たりとも破られたことが無い自慢の外壁らしい。

僕達《たち》が通う予定の魔導学園は、貴族街と平民街の境目に位置する学園特区という区画にある。ここはオラリオ魔導学園を中心として、商業学校、兵士学校、士官学校、錬金術学校といった様々な学校（多くはオラリオ魔導学園の付属校である）があり、身分を問わず多くの学生が住む区画である。学生向けの食事処《どころ》や雑貨屋の他、冒険者ギルドや学生寮などもあり、特区に相応《ふさわ》しい独立した町になっていた。学生が学習を兼ねて店を開いているケースもあり、中々活気がある。

多くの学生はこの学園特区内の寮に寝泊まりしてそれぞれの学校に通うのだが、色々と人に言えない秘密を抱えている僕は、貴族街にあるオクトヴァル家別宅から通う予定である。魔導学園までの距離は少しあるが、それでも貴族街の中では学園特区寄りのため丁度いい。

この別宅だが、居住部分は小ぢんまりとした木造二階建て物件で、土地こそは他の伯爵家よりも広く、大きな庭がある——といえば聞こえはいいが、土がむき出しのただの運動場だ。片隅にある物置小屋には庭の手入れ道具ではなく鍛錬器具が入っている。

それというのも、元々オクトヴァル伯爵家は国の東西南北を守る魔導四家のひとつで、東を守護する家。常在戦場、領地にある砦《とりで》こそがその住居であるに相応《ふさわ》しい、という考えだったのだ。故に、王都の屋敷は寝泊まり（＋鍛錬）ができれば十分というレベルで、平民からすれば裏庭付きでリビングに個室もある立派な一軒家だが、貴族からすればみすぼらしい小屋といった具合の代物《しろもの》であった。

「ま、僕とマルカの二人だけで住むなら逆に都合が良いけど」

「そっすね、掃除が楽っすよ。ちょっと中の様子見てくるっす」

僕とマルカは入学式の前日、春のほんのり暖かな夕方に王都オクトヴァル家別宅へと到着した。

スケジュールがギリギリなのは、直前まで実家にある魔法杖《つえ》工房を整理していたせいである。おじい様からもらったゴールドドラゴンの逆鱗《げきりん》を隠し杖にするためにギリギリまで時間をかけたとも言う。いやまぁ、まだ設計と基礎調査だけで完成はしていないんだけど。あとは授業が始まる前にこちらで作れば十分間に合う段階になっている。尚《なお》、隠し杖はリストバンド型にする予定。従来の隠し杖では肘から手首までの間に杖本体となる棒を用意するところだが、僕の設計したこれはリストバンドに全て納まる見込み。従来の魔法杖という概念をぶち壊す、画期的な魔法杖だと自負している。

「にしても、二人暮らしか……」

秘密を知る人間を極力減らすため、そういうことになったわけだが……マルカは使用人だから一緒に住むことは対外的には問題ないとはいえ、年頃の女の子だ。最近はふとした瞬間にドキッとさせられることもある。気を付けねば使用人に手を出す悪徳貴族みたいなことになってしまいそうで怖いな。ＭＰ５の秘密だけでなく、そっち方面でもしっかり自分を律しておかねば。

荷物と僕達《たち》を降ろし終えた馬車は、さっさと実家へ帰って行った。

「大旦那様があらかじめ手配してくれてたみたいで、今日のとこは掃除いらなそうっす。師匠だけじゃなくて自分のベッドもバッチリっすよ！　あ、晩飯は途中で買ったバゲットサンドでいいっすよね？」

メイド服のひざ丈まであるスカートの中からしゅばっとバゲットサンドを取り出すマルカ。どこから取り出しているんだ、と言いたくもなったが、空腹だったこともあり僕は何も言わずに自分の分を受け取った。野菜とベーコンが絶妙なバランスで、これはアタリだなと美味《おい》しく頂いた。ほんのり温かいのは出来立てだからであってスカートの中にあったからではないと言い聞かせつつ。

「そ、そろそろ暗くなるな。マルカ、今のうちに明かりの魔道具つけといてくれ」

「了解っすー」

夕暮れで赤くなる部屋の中、ランプ型の魔道具の魔石部分にマルカが素手で触れると、燃料式ランプと同じように光が灯《とも》り、部屋を明るくした。光源は魔法陣の上にぽうっと浮かんだ光球だ。

魔道具は魔石から漏れる微弱な魔力を利用し、緩やかな効果を発揮する道具だ。魔石部分に触れた者からＭＰを自動的に徴収して効果を発揮する特性のため、魔力操作が雑なマルカでも安心して使える便利な道具だ。

「他の部屋もつけとくっすね」

「ああ、頼んだ」

このランプの魔石は手にギュッと握り込めるくらいの大きさで、ＭＰ１くらいの魔力を徴収して一晩明かりが持続する。魔導四家のひとつ、西のラヴァリオン公爵家の認めるラヴァリオン印の一級品で、透明なガラスと相まって結構お高い代物《しろもの》である。同じ魔導四家のよしみとオクトヴァルで狩っている魔物の魔石や素材を卸している関係で比較的安く譲ってもらった物だ。

「師匠ー、ところで自分って学園には今のメイド服で通ったほうがいいんすかね？」

「ん？　マルカの分の制服も荷物に入ってなかったっけ？」

「あったんすけど、あんな白くてカッコいい制服、自分が着たらすぐ汚しちゃいそうで」

オラリオ学園の制服は白をベースとした、二列ボタンのジャケットだ。さらには金糸の飾り紐《ひも》に、左肩にはオラリオ魔導学園のエンブレムまで付いている。下はかなり自由にして良いらしいが、目立つ気はないので僕は推奨されている紺ズボンで行く予定だ。マルカも紺スカートの予定。

「ってか師匠。あれって貴族用じゃないんすか？　随分豪勢っすけど」

「平民も貴族もない、魔導士候補生用だね。魔導士ってのはそれだけ期待を背負ってるってことだ。ま、汚しても洗えばいい。その時は僕の分も頼むよ」

「了解っすー。あ、じゃあちょっと着てみるっすね！」

「え、今から？」

言うや否や、マルカは自分の部屋に引っ込んだ。

しばらくして、マルカは制服を着て出てきた。銀髪のツインテを揺らしつつ、得意げに胸を張るマルカ。エルフらしからぬ大きな胸はハーフエルフ故か、はたまた個人の要因か。それと膝上丈の紺のスカートだが、マルカの白い肌と白い制服に挟まれ色的にきゅっと引き締めている。さらにはメイド服の名残として、膝上まである黒いニーソと相まって絶対領域が形成されていた。

「どっすか！　可愛《かわい》いっすか!?」

「……喋《しゃべ》らなければ美少女だな。……なんかスカート短くない？」

「え？　これが規定の長さらしいっすよ？」

でもこれじゃああんまり物を隠せそうにないっすねー、とマルカがスカートの端を摘《つま》み上げるとフトモモがぱっちりと見えて、慌てて目を逸《そ》らす。スカート丈をこの長さに決めた奴《やつ》は間違いなく天才で変態だな、と心の底から思った。


そして翌日、入学式のその日。爽やかな春の朝日が降り注ぐ石畳の大通りを、白い制服を着た僕とマルカが汗まみれで走って学園へ向かっていた。

「まだ眠いっす師匠ー」

「いやお前、曲がりなりにもメイドなのになんで僕より遅く起きてるんだよ！」

時刻は現在午前八時四十五分。入学式は九時から。学校までは歩けば推定二十分、全力で走り切れば十分で着くだろうか？　ともかく、遅刻しそうであることは間違いない。どうしてこんなに時間がギリギリになってしまったかと言えば、

「自分、枕変わると眠れないタイプのハーフエルフだって初めて知ったっすよー」

「僕はむしろ自分にピッタリの枕を見つけたね！」

そう、二人そろって寝坊したのだ。昨日「自分に任せるっすよ！」と自信満々に宣言していたというのに中々寝付けず寝坊したマルカ。どうせ起きないだろうなと予測し自分で起きる気だったんだけど、ベッドとの相性が良く爆睡してしまった僕。とにもかくにも二人が揃《そろ》って寝過ごしたのは純然たる事実。朝起きて、邸の壁に掛かった時計を二度見してしまったほどだ。

学園に向けて延びる、学生向けの商店が立ち並ぶ大通り。朝食の時間に合わせてか既に開店している食事処《どころ》から漂うおいしそうな匂いにマルカはたまらず足が重くなる。くぅ、と可愛いお腹《なか》の虫まで聞こえてきた。

「お腹すいたっすー」

「今は食べてる余裕がない、飴《あめ》ちゃんでも舐《な》めてろ！」

「師匠の飴ちゃんマズいから嫌っす……ひっぱってー師匠ー」

「ああもう！　ちゃんと走れって！　普段は凄《すご》い走り回ってるくせに！」

「眠くてお腹空《す》いてて無理っすー」

遅刻間際という事実に目を背けた所で事態は好転しない。この時間では、少なくともオラリオの制服を着た学生は一人も見かけない。今はただ、マルカの手を引き走って学園に向かうのみ。急げ、急ぐしかない。急げばギリギリ間に合う時間だ。

そうして何台かの馬車に抜かれつつ、汗だくで学園の正門にたどり着いた。学園の正門から校舎に続く道は引き続き石畳が敷かれ、馬車も通れる程に整備されている。知らなければどこの公園かと思ってしまいそうだが、奥にある白亜の校舎はここが学校であると主張している。とはいえ、これから入学式だからか既に正門付近に人の気配はない。

息を切らしつつ胸元から懐中時計を取り出して時刻を確認すれば八時五十六分。入学式開始のすこしだけ前だった。

「ぜぇ、ぜぇ……よし、よかった間に合った。ただでさえ裏からなのに目立ちたくはないからな……」

「裏？　ここは正門っすよ？」

しまった、裏口入学のことがうっかり口から出てしまっていた。

「なんでもない。気にしないで」

「……！　さてはまちがって下着のシャツを裏表逆に着ちゃってたんすね!?　前後間違えて息苦しくなるよりマシっすよ、ドンマイ師匠！」

「気にするなって言ったのに……もういいよそれで」

袖で額の汗をぬぐい、制服の襟を正した。いざ行かん、えーっと、講堂へ。

「そう。この日、ここから師匠の伝説が幕を開けたのであった……！」

「何言ってるんだマルカ。さっさと行くぞ、僕は遅刻したくない」

「あーん、良いじゃないっすかー。自分学校とか初めてで興奮してるんすよっ」

とてとて、と僕に駆け寄るマルカ。同じく汗だくなくせにマルカからは花の蜜のような甘い香りがした。特に香水とかは付けていないはずなのに。ハーフエルフだからか？

そうして講堂へ向かおうとしていたところで、マルカは不意にぴたりと足を止めた。

「何してるんだ？　遅刻しちゃうって」

「いや待ってください師匠、今声がしたっす……こっちっす！」

「あ、おいマルカ！」

突然本来向かうべき方向とは違い横道に走っていくマルカ。このままでは遅刻してしまう、しかし置いていくわけにもいかないと僕もマルカを追いかける。

「まったく、どうしたんだよ一体」

「んー、こっちのほうから声がした気がしたんすけど……気のせいっすね。あ！　遅刻するっすよ師匠！」

首を傾《かし》げ、元の道に帰ろうとするマルカ。まったくなんだよお前自由か、あーもう。と、空を仰ぐ——するとそこには白い布が見えた。いや、フトモモもあった。スカートもあった。というか木の枝の上に魔導学園の白い制服を着た美少女がいた。

学校の先輩であろう彼女は、芸術品とも言えそうなくらい整った容姿をしていた。サラサラで長い金髪に、綺麗《きれい》に結われている後頭部へ流れる編み込み。体つきも立派なもので出るところは出ていて引っ込むところは引っ込んでいる。可愛《かわい》いと凛々《りり》しいが適度に入り混じった美人だ。

そんな彼女の腕には『生徒会』の腕章がついていた。

……どう見てもお偉いさんだ。そもそも手入れの行き届いた長い髪、そして後頭部への編み込みは、実家も相当力のある裕福な貴族であることが見て取れる。そんな維持費のかかる面倒な髪型を平民はあまりしない。凝り性の侍女でもいなければあんなお嬢様らしい髪型もしない。間違いなく『良い所のお嬢様』である。

そんなお嬢様がどうして木の上にいるかはまったく分からないのだが、彼女はじぃっとこちらを観察するように見つめており、目が合った。そしてはっと頬《ほお》を赤らめ、足の間、スカートとの内側を手で隠した。

「……み、見ました？」

「……いえ、見てないです」

僕は紳士らしくそっと目を逸《そ》らし、マルカを追いかけ講堂へ向かうことにした。

「ま、待ちなさい。いえ、その、ええい、見られたからには仕方ありません。ちょっと助けてください」

「どなたか存じませんが、これから入学式で。遅刻しては敵《かな》わないのでこの場はお暇《いとま》させていただきたく……」

貴族としてなけなし精一杯の礼節をもってお断りだ。

「……奇遇ですね、私も生徒会役員として入学式に顔を出さないといけません」

「ええっと、では、なぜこんな場所に？」

「事情を説明すると長くなるのですが、早めに学校に来た私は子猫が木の上から降りられなくなっているのを見つけて」

「あ、やっぱいいです。遅刻しちゃうんで。では失礼！」

「まって！　そこに倒れているはしごを立てかけてくれるだけでいいのです！」

お嬢様が指差す先を見ると、そこにははしごが倒れていた。後先考えず木登りをしてそこまで行ったというわけではなく、きちんと昇降する手段を用意していたわけだ。何かの拍子に倒れて降りられなくなってしまったが。

「……なるほど」

飛び降りるから受け止めて、とかならお断りしたが、それだけならまぁいいかと、はしごを持ち上げて彼女の乗る枝に立てかけてあげることにした。

「次からは脚立にしておくべきですね。支えておきますからさっさと降りてきてください、お嬢様」

「申し訳ない、感謝します」

一応のマナーとして、僕はお嬢様が降りてくるまで上を見ずにはしごを支える。代わりに時計を見ると、時刻は既に九時を過ぎており遅刻は確定となっていた。

「お礼と言っては何ですが、あなたの遅刻の原因は私にあると証言します。講堂には問題なく入れるはず、入学式もまだ学長の長い話が続いている所でしょう。学長はエルフなのであれでも短いと思っているんですが……まぁ、式の大部分には間に合うかと」

「おお、それは助かります」

生徒会役員を助けたと証言してもらえるのか。これは学校側への心証も良くなるに違いない。人助けはしてみるもんだな。

「それでは行きましょうか。って、あれ?」

きょろきょろと辺りを見回すが、マルカがいなかった。あいつどこ行きやがった。と思っていると、マルカがガサッと茂みから顔を出した。

「師匠、なにしてるんすか、早く行くっすよ！　自分はいいんで！」

「お前こそ何してるんだよ」

「こっちが近道かと思ったんすよ。けっして面白そうだから様子を見てたわけじゃないっすよ」

「いいからいくぞ」

「あーん、せっかく二人きりにしてあげようと思ったのに！」

何を言っているんだお前は。

と、ここでマルカがとんでもないことをやらかす。

「あ、そういやお嬢様っ、お名前はなんすか？」

「え、ああ。まだ名乗ってもいませんでしたね。私はコッコナータ・デ・リカーロゼ。この魔導学園の二年生ですが、生徒会長を務めています」

洗練された所作で名乗るお嬢様。その名前を聞いて僕はさぁーっと顔を青くした。このリカーロゼ王国の者であれば誰でも分かるその苗字《みょうじ》。そして貴族であれば、子供ですら知っている王族のお姫様の名前。第二王女、コッコナータ・デ・リカーロゼ。それがこのお嬢様の正体だった。思わず吹き出さなかったことを褒めて欲しい。

ああ、王族も通うなんてさすがオラリオ魔導学園だなぁ！　目立つまいと心に決めていた初日からまさか王族と接触してしまうなんて！　頭が痛くなる……というか絶対高位貴族だと思ったから関わらないように名前は聞かないでおいたのに！

「気軽にコッコ先輩と呼んでくださいな」

「分かったっす、コッコ先輩！　二年生なのに生徒会長って凄《すご》いっすね！」

「ええ、これも務めですから」

白魚のような細くきれいな指をガッと掴《つか》んでぶんぶん握手するマルカ。

おいまてやめろマルカ。そのお方は本物の王女様だ、本来僕達《たち》が会話できる立場じゃないぞ。と、きっと今頃僕の顔色は青を通り越して白くなっている。

「す、すみませんコッコナータ殿下。そうとは知らず失礼しました、そして現在進行形で我が家の者が大変な失礼を……」

「構いませんよ。あなたは？」

「寛大な御心《みこころ》に感謝を。僕は、」

「おおっと！　自己紹介忘れてたっす！　自分はマナマルカ！　お茶目《ちゃめ》でキュートなハーフエルフメイドっす！　それだけじゃなくてなんと！　ななんと！　こちらにおわす特級魔導士、タクト・オクトヴァル様――あのステータス魔法を開発した若き天才魔導士の、第一の使用人にして一番弟子なんすよ！　よろしくっす！　あ、マルカちゃんと呼んでください！」

「……タクト・オクトヴァルです。どうぞよしなに」

割り込むように挨拶をキメたマルカを押しのけ、精一杯取り繕った貴族らしい挨拶で頭を下げる。どうか不敬罪は適用しないでください、という熱い気持ちをこれでもかと籠《こ》めて。

……返事が無いので顔を上げると、コッコナータ殿下は名を聞いて目を見開いて驚いていた。

「オラリオ魔導学園始まって以来、初の特別入学を成し遂げた特級魔導士のオクトヴァル殿でしたか。こちらこそ知らずに失礼を」

「い、いえ。ではお互い様ということで」

特別入学の話、王族にも伝わってたのか……これ色々バレたらやっぱり打ち首、良くてもお家取り潰《つぶ》しじゃないか。お腹《なか》が痛くなるな。

「ええ。それとここで会ったのも何かの縁でしょう。学園の事で何かあれば遠慮なく相談しにきてくださいな。マルカちゃんもどうぞ」

成し遂げたと言われても、僕は何もした記憶がない。なにせ試験を受けていない裏口入学だ、あまり喋《しゃべ》り過ぎるとボロが出る。……にこりと笑い口を閉じた。代わりに口を開こうとしているマルカをしっかり押さえつつ。

そうしているうちに入学式が行われている講堂にたどり着いた。校舎と比べて精微なレリーフによって壁や柱に装飾が施されており、宮殿と言われても納得できるこの講堂は、元々王族の別荘であった離宮を改装したものらしい。

式が進行中であるためか入口は閉ざされ、警備が立っている。警備といっても学校の制服に風紀委員の腕章をつけているので学園の生徒だろう。コッコナータ殿下は彼らに向けて小さく手を上げて声をかけた。

「すみませんが、入れてもらえますか？」

「……生徒会長。既に入学式は始まっております。遅刻では？」

第二王女であるコッコナータ殿下をすこしジトっとした目で見る風紀委員の男。髪型もきっちりしておりいかにも融通が利かなそうではある。王族相手にもとなると相当だ。

「少し窮地に陥っていたのです。彼に助けてもらわなければもっと遅れていましたよ」

と、コッコナータ殿下は僕を手のひらで指す。紹介されたので軽く頭を下げた。

「僕は大したことはしていませんけどね」

ハシゴを立てかけただけなので。とまでは殿下の名誉のため言わない。

「ほう？　生徒会長程のお方がどのような窮地に？」

「それは……恥ずかしいので秘密です」

子猫を助けようとしてハシゴを使って枝に上ったのはいいものの、子猫はさっさと逃げてしまうわ、ハシゴが猫に倒されてしまったわで散々だったらしい。これを知っているのはコッコナータ殿下以外では、講堂につくまでに事情を聞いた僕とマルカだけだ。……聞いてないいんだから今みたく秘密にして言わなきゃよかったのに。

「ともかく、彼らの遅刻は私の責任です。今年の新入生なので、入れてあげてください」

「……まぁ、良いでしょう。お静かにお願いしますよ」

というわけで僕達《たち》はコッコナータ殿下のとりなしで入れてもらうことができた。

「挨拶の準備もあるので私はこれにて。あちらの入口からなら、こっそりと一番後ろの席に座れるでしょう」

「はい、ありがとうございました」

「ありがとうございましたっす、コッコ先輩！」

軽く頭を下げ、コッコナータを見送る僕とマルカ。お互い助け合って貸し借り無しだ。今後王女様と話す機会なんてそうそうないだろうから、いい経験になったと割り切ろう。

そう考え、入学式の会場に静かに入り込む。


ガラス窓から日光の射し込む明るい講堂の中では、壇を中心として劇場のように扇型に広がる段々の席に約六十名の新入生がまばらに座っていた。上級生である二、三年生は、生徒会や風紀委員の腕章を付けている者以外はいなさそうだ。また、生徒達は殆《ほとん》どが人族で、たまに獣人系種族、ドワーフ。エルフも一人だけいることを確認できた。エルフはハーフエルフを忌み子と嫌悪するらしいので、彼女とは別のクラスであることを祈っておく。

『かくして、魔導学園は魔導平等の名のもとに学園を広げ、今では付属の商業学校や騎士学校も増えていき、今の学園特区を築き上げたわけでして。ああ、当然諸君らの中には下位学校を卒業した上でここに居る者も少なくないから、分かっている者もいるだろうけれど念のためもう一度――』

壇上では紺色のローブを着た、緑髪オールバックのエルフの美男が堂々と話していた。風の魔法を用いているのだろう、あまり大きい声でないにもかかわらず講堂中に声が響いている。

『――えー、であるからして、魔導学園に入学する君達にはこれから三年間、まぁ落第しなければだけれども、短い三年という時間を存分に頑張っていただきたいと思っている。私からの話は以上だが、何か質問はあるかね？……無いようだね。では短いがこのくらいで。……本当に無いかね？　無いならいいんだけれど』

僕達がこっそり最後列の席に座ってから更に十分後、彼の話が終わった。

以上、学長からのお話でした。と、進行が補足して、ようやくあの若い男が学長であると判明した。もっとも、エルフなので見た目は青年でも八十歳くらいなのかもしれない。エルフの年齢はよく分からないからな。ハーフエルフのマルカには分かるんだろうか？

だがまぁ、コッコナータ殿下の言っていた通り学長の話は長かった様子。お陰で入学式にちゃんと滑り込めた。あとはあたかも「最初からいましたけど？」という顔で教室へ向かう人の流れに合流してしまえば目立つこともないだろう。

『ああ、それと折角《せっかく》だから連絡事項だ。特別入学のタクト・オクトヴァル君は、放課後に学長室に来るように』

そんなことを考えていたら名指しで呼び出されてしまった、全新入生の前で。

「なんすかね師匠。遅刻したのバレたんすかね？」

「いや、ただの連絡事項だろう。学長もそう言ってたし……特別入学だしね」

「なるほどっす！」

目立ってしまった……か？　と思いつつ、学長とはばっちりと目が合っていたので、おじい様のゴリ押しに対する嫌がらせなんじゃないかとも思う。

その後は特に何事もなく、恙《つつが》なく入学式は終了した。生徒会長の挨拶ではコッコナータ殿下が壇上に上がり、先程まで木の枝の上で動けずにいたとは思えない程に堂々とした挨拶をしていた。

さて、入学式をなんとか目立たずにやり過ごした（と思いたい）僕達《たち》は、自分のクラスを確認し、教室へと向かう。全二クラスのうち、一組だ。本来なら入学式の前に掲示された紙を見て確認するべきところだったようで、教室へ向かう人の流れからは取り残されてしまった。不幸中の幸いとして、本日が入学式ということもあり案内がそこかしこに貼られており、迷子になることなく教室に辿《たど》り着けた。悪かった事に目をつぶり、良い事を見つけるのが幸せに生きる秘訣《ひけつ》だ。

「あークラスで自己紹介があるとおもうけど、さっきみたいな余計なことは言うなよ？」

「了解っす！」

予《あらかじ》めそういう風に釘《くぎ》をさしておく余裕すらあったので、かえって良かったかもしれないと僕は頷《うなず》いた。

正面の黒板と平行に段々となっているいわゆる階段教室の中で、三十人ほどの生徒がそれぞれ談笑したり資料を確認したりしていた。一瞬僕らに視線が飛んでくるが、制服を見て教師ではないと分かるとすぐに外されていく。教室に遅れてきた僕達よりも現在進行中の新たな出会いに花咲かせる方が重要なようだ。それに、懸念していたエルフの生徒もこのクラスではないらしい。目立つことなくクラスに入れたことにホッとする。

特に席順は決まっていないようなので、あまり人のいない所に着席しておこう。

「なんとか自然に紛《まぎ》れ込めたな」

「これならだれも師匠が入学式に遅刻したなんて思わないっすね」

「……小声でもそう言う事は口に出して言うな」

僕はマルカの頭をつんと小突いた。

それから直ぐに教師が入ってきた。ローブ姿で眼鏡《めがね》をかけた、落ち着いた感じの大人の女性だ。紺色のローブは学長も着ていたが、教師の制服なのだろう。

「えー、私はこの一組の担当になりましたエーリン・リングブルムです」

リングブルム。その苗字《みょうじ》からエーリン先生が魔導四家のひとつ、南のリングブルム侯爵家の関係者と分かる。とはいえ、特に驚きはない。というのも、かの家は教育に傾倒しており、この学園特区に存在する教師のうち半数以上はリングブルム家の関係者だからだ。まぁ、学園特区で下手に騒ぎを起こせば侯爵家が黙っていないぞということでもある。

「これから一年よろしくお願いします。もっとも、落第して卒業を待たずに居なくなる方もいるでしょうが」

余計な一言に、思わず自分が退学になる光景を思い浮かべる。祖父ダストンが得意の風魔法で僕の首を刎《は》ねるシーンだった。いや、呪い殺すって言ってたっけ？……いざとなったら殺される前に逃げよう。

「知っての通り、数年前にMPによる足切りが追加されてから落第率は大幅に減ったものの、それでも落第する人はいるものです。皆さんはそうでないと、各々で証明してください。ちなみにあらかじめ言っておきますが、一組だからといって、皆さんが二組より優れているということはありませんのであしからず、そういう区分は二年からですので」

二年と三年は、またクラス分けが異なり、一学年を乗り切った者達《たち》を成績順にクラス分けするらしい。そちらは数字ではなくA～Dで分けられていく。目立ちたくない僕としては、Cクラス辺りに落ち着きたいものだ。特級魔導士で最下位のDクラスというのは逆に目立ちすぎるし、ランクが高いとMPの都合で授業についていけないだろうから。

「えー、では早速ですが皆さんには自己紹介をしていただきます」

よしきた、と僕は身構えた。こんなこともあろうかとちゃんと自己紹介の練習はしておいたのだ。余計なことは言わず、ただ名前を言って座るだけ！　かしこまり過ぎず、表情は自然体。なるべく印象に残さず目立たない、がコンセプトだ。

頭の中でイメージトレーニングをしていると、ついに僕、の前にマルカの番になった。

勢いよく立ち上がり、注目を浴びるマルカ。

「自分はマナマルカ！　マルカと呼んでくださいっす！　あと、こちらにおわす特級魔導士タクト・オクトヴァル様の第一の使用人にして一番弟子っす！　以上っす！」

そして、がたんっ！　と大きく音を立てて座った。ざわつく周囲に、集まる視線。マルカは『バッチリ場を温めておいたっす！』とドヤ顔でこちらにウィンクした。

こ、こいつ……自分の自己紹介を省いて余計な所だけ残しやがった！　殴りたい、その笑顔。その自己紹介は確かに、入学式前に生徒会長へとしたゴテゴテした自己紹介とは比べるべくもなくシンプルであったが、肝心の僕関連が丸々と残されていた。

「……タクト・オクトヴァルです。よろしく」

少し悩んだものの、当初の予定通り、名前だけ言って静かに座る。「えー、そんだけっすか？」と不満げなマルカはさておき、せめて傷を最小限にできただろうか。

そんな風に内心動揺していると、予想外の所から狙撃される。

「多くは語らない、素晴らしいですね。ああ。皆さん気になっているでしょうから代わりに補足しますと、タクト君については、齢《よわい》八にしてステータス魔法を開発した天才で、九歳の時点で既に正式な魔導士の称号を得ています。『天才魔導士』という通り名もありますね」

そう口に出したのは担任教師、エーリン先生だった。あっけにとられて僕が何も反応できず固まっていると、更に言葉を続ける。

「それとここだけの話、タクト君については、特別教員として招くという話もあったんですよ？　断られてしまいましたが。ただ、いつでも迎える準備はあるそうなので、気が向いたら是非どうぞ」

そういって眼鏡《めがね》越しにニコリと笑顔を向けるエーリン先生。光の反射で目元が見えず、それが本心か冗談かは分からなかった。

……聞いてないよそんな話!?　まぁMP5の僕じゃ到底なれませんけど！

「そうだったんすか、すごいっすね師匠！」

尚《なお》、魔導学園の教師といえば宮廷魔導士に次ぐ魔導士の花形職だ。僕はそんな話聞いたことが無いので、恐らくおじい様が断ってくれたのだろう。なにせ魔法職には、当然の如《ごと》くたくさんのMPが必須なので。

僕の自己紹介はそんな風に終わり、次の人へ次の人へと順番が移っていき、自己紹介が終わった。間違いなく一番目立ったのは僕だった。

「やったっすね師匠！　これで第一印象はバッチリ最高っすよ」

「最悪だよ畜生……」

世界の理不尽さに泣きながら転げまわりたいが、そんなことをすれば余計に目立つことは間違いない。泣くのは脳内で我慢し、平静を保つ。落ち着け僕。次に作る杖《つえ》の構想でも考えて気持ちを鎮めるんだ。

ホームルームが終わり、先生が教室を出て行った。とりあえず今日は授業はないそうなので、あとは帰るのみだ。

「あ、あの。少し質問してもいいかな」

「ん？」

声を掛けられ顔を向けると、興味津々《しんしん》に目を輝かせるクラスメイト達《たち》がいた。

「……えっと、僕に？　何を？」

「た、大したことじゃないんだけど！　その、タクト君のこと知りたいなって！」

「え、なんで？」

「なんでって、そりゃそうでしょ」

思わず素で聞き返してしまったが、よく考えれば分かることだ。

国内最高峰にして唯一の魔導士育成機関であるオラリオ魔導学園。その高いハードルを越えて魔導士を志す彼らは、基本的に魔法が大好きであり、同年代で新魔法を開発し既に魔導士の称号を得ている僕は、間違いなく注目されて当然の存在であるのだ。譬《たと》えるならば、国際的に有名な歌姫が同じクラスにいるような話である。

しかも孤高の存在とあれば声を掛けづらいところだが、弟子を名乗るハーフエルフの少女と仲良さげで、思いの外気安そうである。自己紹介でも「よろしく」って言ってたしそれならと、クラスの半分以上がここに殺到したという訳だった。

……しまった。孤高の存在を気取っていれば良かったのか！

完全に目立っている。僕は背中に冷や汗をかいた。

「す、すまないけど、僕はあまり自分の事を話すのは得意じゃないんだ。……それと先に言っておくけど、僕は言う程凄《すご》い人間じゃない。期待してもガッカリするだけだよ」

「それでもいいから！　ね！」

しつこい。どうにかこうにか断れないか、とマルカに助けを求めて視線を送る。こんな時こそお世話係の出番に違いない。のだが。

「いやぁ、師匠人気っすね！　どうせ暇っすし、答えてあげたらどうっすか？」

役に立たない従者め！　畜生！

……いやまて、ひらめきを得た。このピンチはチャンスだ！　あえて質問を受け付け、適度にガッカリさせておけば、今後は注目されることが無くなるのではないか。

「……じゃあ、僕に答えられることだったら答えるよ」

人は未知だから知りたがるのだ。僕がいかに普通の人間かを教え込んでやれば、興味を失いほっといてくれるに違いない！　せいぜい僕にガッカリするんだな！

「なぁ、特級魔導士様の最大ＭＰっていくつなんだ!?　すげぇんだろ!?」

おっと。早速絶対に答えられない質問が飛んできた。そも僕のＭＰが入学基準に満たない５であると知られたら退学、そして死亡待ったなしである。思わず眉間にしわが寄る。

「あ、俺も言うべきだよな！　俺ぁ89だ！　地元じゃ負け知らずよ！」

質問者は見るからに火属性が得意そうな、髪と髭《ひげ》の赤い低身長マッチョなドワーフ男。

僕が約十八人分というういい具合のＭＰに、ひくりと頬《ほお》が動く。

「……秘密だよ。自慢できるような値じゃないとだけ言っておこうか」

羨ましいと言いそうになるところを堪《こら》えて秘密だと隠すと、ドワーフ男は少し不満げになる。が、無視した。だって答えられないもん。

「他にあるかな？」

顔をしっかり笑顔に切り替えて聞く。今度は耳と尻尾《しっぽ》だけが猫の獣人少女が手を上げていたのでどうぞと指さした。

「どうしてもう魔導士のタクトさんがこの学園に？」

「……んー、まぁ、学園に入学する歳《とし》だから、だね。あまり深い意味はないよ」

「そ、そうですか」

年齢という普遍的な答えに首をかしげる獣人少女。なんなら卒業しないと特級魔導士の資格が正式なものにならないくらい、言っておけばよかったかもしれない。

「得意な魔法とかは？」

今度の質問者は風属性と相性のよさそうな緑髪の女の子だ。メモ帳を開いている。

「ああ、それは間違いなく『ステータス』魔法だよ。他は全然だね」

そりゃ開発者だもの。当然である。

「全然、ですか？　『天才魔導士』なのに？」

「全然だよ。たぶん君達《たち》の方が僕より凄《すご》い魔導士になれるさ」

褒められるのは予想外だったのか、目をぱちくりさせる質問者。とはいえ、実際全然なんだから仕方ない。僕は嘘《うそ》をついていないし、本心からそう思っている。

僕は、そんな風に適度に素をさらけ出すことで周囲をいい具合に「あれ、こいつ案外普通なんじゃないか？」という空気を作ることに成功した。フッフッフ、実際凄くないんだから、当然の成果ともいえる。けど、このまま質問に答え続けるとうっかりボロが出そうだ。

「あ！　師匠っ、すっかり忘れてたっすけど、そういえば入学式の時に放課後学長室へくるように言われてなかったっすか？」

「っと、そういえばそうだったな。それじゃあ質問はこのくらいで。いやぁ、すっかり忘れてたよ。僕だけだったらうっかり帰っていたところだった」

丁度いいやと質問の受付を切り上げる。確かに言われていた。大事なことを思い出したマルカを褒める。さりげない凡人、どころかちょっとマヌケアピールにもなったか。

あまりに上出来な戦果ににやりと頬《ほお》が上がる。

「それじゃあ、そういうわけだから。んじゃ行こうかマルカ」

「え？　自分は行けないっすよ。呼び出されたの師匠だけっすよね」

ん？　と言われて思い返せば、確かに呼び出されたのは僕だけ。

「学長ってあのエルフさんっすよね？　自分が行くのは不味《まず》いっすよ」

「あー、エルフはハーフエルフを忌み子として嫌うからな……」

というわけで、マルカについては連れて行かない方がいいだろう。

「自分、ちゃんとここで待ってるから行ってくるといいっすよ！」

「そ、そう？」

なんだろう。マルカを一人この場所に置いていくことに非常なまでの不安を覚える。でもとりあえずお偉いさんからの呼び出しなので、迅速に向かう事にした。何かあってもまぁ、秘密が入っていない器からは秘密は漏れない。だから大丈夫だと信じて。

#Side 一組教室

タクトが教室を離れてすぐ。

「案外、特級魔導士って言っても普通の人なんだな」

「そうね。少し『天才魔導士』らしくなくてガッカリしたっていうか……でも親しみやすい感じ？　これはこれで」

そうこぼすクラスメイト。それはまさにタクトの狙い通りの展開である——

「いやぁ、さすがは師匠っすよね！」

――であった。タクトの机にヨイショと座りつつ、マルカがたわわな胸を張って自慢げに言い切るまでは。

スタイルの良さからも目を引くマルカの言葉に、クラスメイトは注目した。

「ん？　どういうこと？」

「おやおや？　皆さんもしかして師匠のお言葉を理解できなかったと見えるっすねぇ。期待外れ、って感じっすか？」

ニヤリ、と笑うマルカ。マルカはこの時、

「（まったく、師匠は奥ゆかしすぎるっす。これじゃモテないっすよ！　自分がフォローしてあげないといけないっすねぇ！）」

などと、非常に余計な事を考えていた。だから、タクトが学長室へ向かい教室を離れた今、マルカはちゃんと説明することにしたのである。

「さて、無知蒙昧《むちもうまい》で凡人の皆さんに師匠の言葉の意味を解説してあげるっすよ！」

「言葉の意味？」

このハーフエルフは何を言っているのだろうか。とクラスメイトは注目する。先程までのタクトの言動が期待外れなだけに、その裏があるのかとまた別の期待が集まる。

「まずそこのドワーフ！　アンタっすよ！　なんて聞いたっすかー？」

「最大ＭＰがいくつかって聞いたけど……」

　これに対するタクトの回答は『秘密。自慢できるような値じゃない』だった。

「つーか、特別入学ってことはそれなりに高いＭＰなんだろ？　だったら隠す必要なんてないじゃないか。なのにあんな嫌そうに、しかも秘密だって」

「ハッ！　やれやれっすよー」

　マルカは不満げなドワーフ男を鼻で笑った。

「師匠は嫌そうだったんじゃないっす。当然、嫌だったんすよ。そして、アンタがあまりに無防備だったから顔をしかめたという訳っす！」

「無防備……？　どういうことだ？」

　ふふんと鼻を鳴らすマルカ。

「いいっすか。機密情報のＭＰの最大値を他人に教えるなんて、そんな事師匠がするわけないじゃないっすか。……というのも、ＭＰは魔法戦闘で大事な情報っす。相手の残りＭＰが80としたら、消費ＭＰが81を超える魔法は絶対飛んでこないっすからね！」

「機密情報……い、言われてみれば確かに！」

　マルカの言葉に、質問したドワーフはさぁっと顔を青くする。

「まって、ということはタクトさんは相手の使用した魔法から消費ＭＰ、そしてＭＰ残量から何を出すかを逆算、推測できるってこと？　得意属性とかの増減も含めて？」

「師匠のレベルなら、当然の事っすよ。なにせ『天才魔導士』っすよ？」

鼻高々に自慢するマルカ。それこそ推測な上に、自分の事ですらないのに。

「ちなみに師匠の最大ＭＰは弟子の自分ですら知らないっす！　師匠は自分の最大ＭＰ知ってるんすけどね。だから、師匠には自分、絶対勝てないっすよ！　戦う前から勝負が決まってるも同然っすもん」

手の内バレバレっすからね、と肩をすくめるマルカ。

その言葉に、ようやくクラスメイト達《たち》は気が付いた。最大ＭＰとは、『自慢する値』ではない。『秘匿すべき値』なのだ、と。タクトがやんわりとそう指摘していた事実に、クラスメイト達はごくりと息をのんだ。

「……俺、今まで自分のＭＰ自慢しちゃってたよ」

「まさか弟子にも教えてないだなんて……徹底してるのね、『天才魔導士』様」

これではマルカに無知蒙昧《むちもうまい》とまで言われても当然である。タクトのあの表情は、子供を窘《たしな》める大人のそれであったのだ。

「今回コレを教えてあげるのは、特別っすよ？　本当に師匠の教えは深いんす。でもいいんすよ、皆さんは好きにバラしちゃって。そうすれば一方的に師匠や自分が有利に立てるっすからね！　ね、最大ＭＰ89のドワーフ君？」

というか魔導士は標準で100だから少し少ないくらいっすよ、と煽《あお》るマルカに、むむっと口をつぐむクラスメイト達《たち》。

「……俺、二度とMP言わないようにする！」

「ええ、いずれ学生同士の対抗戦とかもするだろうし、そういう情報は隠しましょう。皆も自分から言ったり、聞かれても答えないようにね！」

そういうことに、なった。……これについては、タクトはマルカを褒めても良いかもしれない。一番隠したい最大MPについて、今後尋ねられることがなくなったわけだから。

「次にあんたっす！　確か……師匠がどうしてこの学園に来たのかを聞いてたっすね？」

「え、ええ」

頷《うなず》く猫獣人の少女。そしてタクトの回答は『学園に入学する歳《とし》だから』であった。

「私は、なんで既に魔導士なのにって……その、魔導士ならここに来る必要ないんじゃないかって聞いたつもりだったんだけど。露骨に躱《かわ》された感じだったわ」

「そりゃぁ当然そうっすよ。師匠はもう特級魔導士っすもん！　大旦那様――宮廷魔導士筆頭の薫陶をうけてる師匠は、本来学園で勉強するようなことは必要ないっす。けれど！　けれどっすよ、だからこそ『年齢』なんっすよ……そう、年齢！　さぁ何か思いつかないっすか？」

「ええ、なんだろ。『天才魔導士』様の年齢？　私達と変わりないわよね……」

「十五歳だろ？……いや、特には。それこそ、魔導学園に入れる歳だってくらいしか」

「……っかぁー！　想像力！　想像力が足りないっす！」

バシンと机を叩《たた》くマルカ。

「いいっすか、今じゃないっす、少し先、未来を見るんすよ！……これが十五歳じゃなくて十六歳とか言えば分かるっすかね？　ヒントはおめでたい事っす」

「十六歳？　おめでたい……あっ！」

質問者であった猫獣人の少女はかぁっと頬《ほお》を赤らめた。

「気付いたっすね、そう！　結婚ができる年齢なんすよ！」

この国の法律で言えば、男女共に十六から結婚できるのだ。マナカはそのうち自分も結婚するのかなと、夢見る少女風にその事はもちろんチェックしていた。

「貴族には大事なこと、だものね。確かに……！」

「けど師匠は奥ゆかしいからそんな露骨には言わないんすよ……おっと！　これを自分が言っていたってのはナイショっすよ？　師匠自身、大旦那様に言われなかったらこの学園に来る気が無かったんすから」

「そうなんだ……」

なるほど、と頷く。タクトが学園に行けと言われたのはマルカも知る事実。しかしこの学校に来る気が無かったのは、単に『入学する基準を満たしていなかったから』というまったく別の理由なのだが、マルカを含む彼らにそれを知る由《よし》はない。ましてや特級魔導士の称号が返上間際の上、命が風前の灯火《ともしび》であるなどという特殊過ぎる事情も、だ。

「ま、ご実家では学業を片手間にこなして本来の仕事したいっていつもボヤいてたっすね……おっと、これも自分が漏らしたのは秘密っすよ！　おクチむーっす！」

あえておどけるように口を押えるマルカに、その秘密は公然の秘密なのだろうと認知される。

「本来の仕事……魔導士様の……！」

「なんか大人って感じ。わ、私じゃだめかなぁ？」

「ふっふっふ、まぁそこは師匠の事なんで自分じゃ判断つかないっすねー……けどその安産型の腰つきはイケると思うっす！」

もちろんタクトの本来の仕事というのは魔法杖《つえ》職人の事である。趣味と実益を兼ねた楽しいお仕事だ。

「それじゃあ、得意な魔法……いや、そりゃ当然『ステータス』なんだろうけど」

「ええ、むしろ他は私達《たち》の方が凄《すご》い、とか言われてしまったわね。『天才魔導士』様に」

得意魔法についていて。タクトの回答は『ステータスだよ。他は全然』というものだった。

「これも機密情報ってことかな？」

「うーん、これはちょっと違うんすよ。……というのも、そもそも『得意』っていうのは他よりもできる、っていう事っすよね？」

そう言って、マルカは手を山の形に動かす。

「……なら、これはどうなるっすか？」

今度は、その山の頂点の位置で水平に手を動かした。それを見て、ハッと息をのむクラスメイト達。

「……得意が……ない!?」

「そういうことか……全てが高水準！　万能、そういうこと!?」

ちっちっち、とマルカは指を振る。

「なにせ『天才魔導士』っすからね。でもそれだけじゃないっす。師匠にとっては、はるか高みに『ステータス』魔法があると考えていいっす。分かるっすね？　天に輝く星と比べたら、山と平野の違いなんて――」

――どれだけ得意だ不得意だと言おうと、誤差に過ぎない。むしろ、相対的に、一般人にとっての山の頂点だろうと『不得意』としか言えない！

クラスメイト達はゴクリと言葉を飲み込んだ。

「フフフ、見てる世界が違うんすよ。……師匠の凄さ、少しは分かったっすか？」

「お、恐るべし『天才魔導士』！」

「で、でも、そんな風に謙遜で言ってるようには見えなかったよ？」

「そりゃ師匠にとっては当然すぎて、無意識なんすよ。もしかしたら、師匠は本当に自分の事を普通の凡人、むしろ才能が無い人間と思っているかもしれないっす」

「でも、私達《たち》が自分より凄《すご》いって褒めてたわ？　そんなに高水準なら、私達の事だって取るに足らない存在に思えそうなものだけど」

「褒めて伸ばすのが師匠のやり方っすからね。自分も目一杯褒められたっす！」

「そ、そうなんだ。……でもそれだと弟子は大変じゃない？　無自覚に凄く高い水準を求められそう」

　先程乗り気だった猫獣人が、しょんぼりへにゃんと尻尾《しっぽ》を垂らす。


　と、ここでマルカは（しまった！　つい師匠の自慢ばかりしてたっす！　このままだと厳しくてとっつきにくい人間だと思われてしまうっす！）と考えた。

「そそそ、そんなことないっすよ！　師匠は弟子である自分にとっても優しいっす！　師匠が厳しいのは、師匠本人にだけっすよ！」

「……そういえば弟子って、例えばどんなことを教えてもらうの？」

　その質問に、よくぞ聞いてくれましたとマルカは答える。

「ええっと、魔力操作の訓練っすね！　毎日の日課っすよ」

「魔力操作。他には？　どんな魔法使うの？」

「え？　ひたすら魔力操作っす！　あ、それと座学っすね。魔力操作の訓練って眠くなるじゃないっすか？　そこで意識を保つために師匠が色々教えてくれるんすよー」

笑顔でそう語るマルカに、クラスメイト達は驚いた。

魔力操作の訓練。それにはいくつかやり方があるが、基本的にはMPを消費して魔力の塊を体外に放出し操作する訓練だ。体外に出た魔力を維持するにはMPを注ぎ続ける必要があるため、とても疲れる——それどころか、MPが枯渇すれば命の危険すらある過酷な訓練だ。しかも地味。クラスメイト達は、『辛《つら》い魔力操作の訓練を延々とさせられ朦朧《もうろう》とした所に、並行して魔法の知識を叩《たた》き込まれる』という超スパルタな光景を想像した。

だが実態としては、マルカははち切れそうなほどMPを有り余らせており、魔力過多症（最大《ウ》M《ッ》P《ワ》を超えて過剰にMPが溜《た》まってしまう状態）に陥ることすらよくあった。魔力過多症になると体調を崩し、溢《あふ》れる魔力が暴走する。本人だけでなく周囲も危険な状態だ。そしてマルカはタクトに拾われる前は常に重度の魔力過多だったといってもいい。そんなマルカにとっては、むしろMPを消費するとスッキリ快適、心地よ過ぎて眠くなる程だったりする。

——そう、眠くて意識が遠のくのだ！

しかし過剰な魔力は消費しなければ危険なので、タクトは小まめにマルカのMPを確認して必要とあらば魔力操作をやらせていた。時には雑談で意識を繋《つな》いで……マルカはこの雑談を格好つけて『座学』と言ったのだ。実際、タクトの話題としては雑学や魔法の知識もあったから嘘《うそ》ではないけれども……

クラスメイト達《たち》の勘違いは仕方のない事である。なにせ魔力過多症は最大MPが大きくなければ発症しない奇病。それもオクトヴァル一族（タクト除く）のようにMP500超えでようやく極稀《まれ》に発症するというレベル。魔力があり過ぎて体調が悪くなるなど、クラスメイト達の常識の範囲外。想像すらできない領域なのだ！

「師匠はギリギリの限界（体調が悪くなりはじめるライン）を見極めるのが上手《うま》くて、昔はよく（心配かけまいと）体調を誤魔化《ごまか》してたんすけど無駄っしたねー」

「へぇ、ギリギリの限界（魔力枯渇し気絶する寸前）を見極めるのが上手くて、（逃げようとして）体調を誤魔化しても無駄なんだ……」

「（心地よくて）気を失いそうになると、『寝たら（魔力暴走で）死ぬぞ』と起こしてくれるんすよ！」

「（朦朧《もうろう》として）気を失いそうになると『寝たら（タクトの手で）死ぬぞ』って……あん

な普通な感じなのに、すごい（スパルタな）んですね……」

「そうっすよ、師匠はすごい（優しい）んすよ！」

そう、仕方のない間違いなのである……！

「それにしても、学長の呼び出しを忘れるなんて失礼なんじゃ――」

「大物っすよね！　さすが師匠っすよ。なんせ教員への勧誘をスパーッと断っちゃうくらいなんすから。きっとまた勧誘されるから面倒だなって思ってたんじゃないんすか？　知らないっすけど」

「そう言われてみれば、学長の誘いを断れるだなんて凄《すご》いですね……私ならすぐ頷《うなず》いちゃってるわ……」

学長からの呼び出しを忘れるというのは流石《さすが》に無礼なはずなのだが、あまりにもマルカが自信満々に言うものだから、そういうことになった。

――Side　END#

僕は学長室までやってきた。重厚な木の扉をノックして入ると、深い色の木で作られた執務机に学長が座っていた。エルフらしく美形な笑顔が向けられる。同じ顔を酒場ですれば美女の二、三人は釣れそうだ。いや、この顔ならば男でも釣れるに違いない。

「やぁ、タクト・オクトヴァル君。ようこそ魔導学園へ……話は聞いているよ」

何の話だろう、思い当たる節が多すぎる。とりあえず何かの迷惑をかけてることは確定なので謝罪しておこう。

「この度はご迷惑をおかけしました」

「なに、気にすることはない。なにせ、事情が事情だろう？　私も、君が入学するのはあと五年くらい先かと思って忘れてたというのもあるし、お互い様だよ」

エルフらしい時間感覚ジョークにはどう反応したらいいか少し困る。とりあえず呼び出された理由は特別入学に関する話だったようだ。少なくとも入学式の遅刻を咎《とが》められての呼び出しではなかったらしい。

「いっそ君を教員として招こうかとも考えたんだけどね、教師の資格を得るためにはそもそも学園を卒業しないと駄目らしい。まったく、人間は色々と細かいよねぇ。一番初めは卒業生じゃなくても教師になってたはずなのに」

「はは、そもそも魔導学園の教師なんて、僕には過分な話ですよ」

「謙遜することはない。君の従者のハーフエルフを見れば、いかに君がすばらしい人材か分かるというものだ。ダストン様からも宜《よろ》しく言われているし、何かあったら遠慮なく言ってくれたまえ」

ニコリと笑う学長。イケメンの笑みはどことなく何か企《たくら》んでいるように見える、そう思うのはフツメンな僕の僻《ひが》みだろうか。

「ははは、ちなみに祖父とはどのような関係で？」

「おや、聞いていないのかい？　ダストン様は元上司でね。どちらかといえば同僚だった君の父上、レクトとの方が親しいよ。彼とは仲の良い友人で……ああすまない。まだあれから少ししか経《た》っていないのだ、君の方が辛《つら》いだろうにこんな話を」

「いえ、お気になさらず」

両親が亡くなった事故からは既に六年は経過しているのだが、エルフ的にはごくごく最近という感覚らしい。いや、あるいは普通の人間でもそんなものなのかな？　幸か不幸か僕の側《そば》にはおじい様やマルカがおり、あまり寂しさを感じるまでも無く今日に至っていたけれど。

「こう言っては何だが、魔術の発展のためにも、君のような才能ある者には是非長生きしてもらいたいね。私の五倍くらい」

「買い被《かぶ》り過ぎですよ学長。あと人間はそんな生きられません」

「それもそうか」

ちなみにエルフの一般的な寿命は五百歳と言われている。ただ、エルフの自己申告故にその長さが合っているかも定かではなく、実際は千歳くらいまで生きられるのではないかとも噂《うわさ》されている。また、ハーフエルフの場合は、相手側の寿命にかなり近づくらしいのでマルカは人間に近い寿命となる。エルフにしては短命、というのも忌み子の理由なのだろう。

「話はそれだけですか？」

「そう人間らしく急がないでくれ。友人の子の顔をしっかり見ておきたかった、ってだけじゃ駄目かい？　なんだったら、入学式の遅刻を咎《とが》めてもよいのだけど」

「いえいえ、顔が見たかった、大いに結構かと」

「ははは、冗談だよ。一応口裏を合わせておこうかと思って。……タクト君の入学試験については、私が直々に行ったことになっているんだ。けれど、実際君は試験を受けてないだろう？」

「……お手数をおかけしまして」

「で、その時君は通りすがりの野良ドラゴンを魔法で仕留めたという事になっているんだが、そのくらい大丈夫だよね？　君の父上の逸話でもそういうことをやってたけれど」

えっ、とタクトは一瞬固まった。

「……ドラゴン、ですか？」

　ドラゴン。最強種とも呼ばれ、下級のワイバーンですら、冒険者十人で犠牲者が出るか出ないかと言われている。上級龍ともなれば魔法を操り、人語を話す。中には王国と和平を結ぶ——つまり、一龍で一国と同等な——個体もいる。

　両親が事故で亡くなる直前に退治したゴールドドラゴンは魔法を操るタイプで、中級の中でも上位に位置するドラゴンだ。報告では『少し苦戦したが勝利』くらいにしか書かれていなかったけれど、本来は騎士団二、三個で当たるべき相手である。

「そのくらいインパクトがないと、従者の分の特別合格を認めさせられないじゃないか。まぁ多少盛ったけれど……できないのかい？」

「あー、その……ええと」

「できるよね。君の父上、レクトも学生の時にはやってた事さ」

　父上なにやってたの!?

「だというのに、子供がドラゴンを倒せるはずがないって疑う奴《やつ》もいてね。自由時間を利用して、実際にドラゴンの単独狩りをして見せてくれれば私も助かるよ。急ぎで悪いんだけど、頼むよタクト君。君ならできるよね？」

んんん、と顔が引き攣《つ》る。何という無茶《むちゃ》振り。いや、MPが父親と同じく500とかあるならそれほど無茶ではなかったのだけれど。生憎《あいにく》と僕のMPはたったの5なので。

あ、でもあれだ。エルフ感覚で急ぎ、っていうのは卒業までに、って意味かも——

「本当に急ぎで悪いんだけど、タクト君の実力を疑ってるのは我が学園の教員なんだ。だから今学期中に頼めるかい？」

今学期中かぁー。

「……あの、それもしできなかったらどうなります？」

「ああ、気にしないでもいいよ。その時は君のステータスを見せてゴリ押ししよう。特級魔導士の称号と合わせて、十分なステータスがあるなら誰も文句言わないだろう？」

うん、十分なステータスが無いんですがそれは。

「ワイバーンとかの下級ドラゴンでもいいからさ。もちろん上級ドラゴンでもいいよ」

「……上級ドラゴンは不味《まず》いでしょう」

ワイバーンのように知能を持たない鳥獣のような下級ドラゴンはともかく、上級ドラゴンは人間と同等以上の存在といっても過言ではなく、勝手に殺したらまずい存在だ。

とはいえ、MP5の僕にとってはワイバーンよりさらに下位、大トンボ《ドラゴンフライ》ですら間違いなく強敵なんだけれども。

笑顔の学長が僕の両肩に正面からポンと手を置く。そして真正面から言う。

「君には期待してるよ。我が友の息子、『天才魔導士』、タクト・オクトヴァル君」

「……はい」

僕は、ただそう答えるしかなかった。

＊　＊　＊

学長に無茶振りをされつつ、初日は終わった。

教室でクラスメイト達《たち》に囲まれていたマルカに声をかけて帰宅。ハーフエルフはエルフに嫌われているために迫害されがちだと聞いていたが、マルカは持ち前の明るさでその常識をぶち壊して友達をいっぱい作れた様子。クラスメイトにエルフが居なかったのも良かったか。魔法に携わる者はなんやかんやエルフに好感を持っていて、影響を受けやすいからな。

家に帰ったところで、マルカはささっとメイド服に着替えた。

「そんじゃ、自分は家事しておくっす。晩御飯何食べたいっすか？」

「よろしく。ちょっと作業するから、サンドイッチとか食べやすいものがいいな」

「了解っす！　腕によりをかけずに普段の感じで作るっす！」

「かけないのかよ。まぁいいけど」

マルカも学生なわけだし、家事を担当してくれるだけで十分ありがたい。そんなわけで家の事はマルカに任せて、僕は自分の部屋に入る。マルカにも言ったが、やるべき作業がある。最初の実技の授業が始まる前に隠し杖《つえ》を作らなければならないのだ。

僕はトランクに詰め込んだ魔法杖作成キットを机の上に広げていく。ナイフに、ノコギリ、彫刻刀、ヤスリと小さなハケ、小皿、素材を潰《つぶ》す乳鉢。天秤《てんびん》と分銅。メイン素材となるゴールドドラゴンの逆鱗《げきりん》に、僕の得意属性である風属性の魔石、白い粘土粉に蒸留水。杖の外側素材《ガワ》となる木片、今回は加工のしやすさと丈夫さから高級なツゲ材を選んだ。

……接着剤の松ヤニは後で良いか。引き出しに入れておこう。

机の上をすっかり工房化し、作業を始める。

まずはゴールドドラゴンの逆鱗、そして魔力の抜けきった風属性魔石。この二つを粉末状になるまですり潰す。それぞれヤスリで削って、粉の分量を量る。ヤスリに付いた分も貴重な素材だ、ハケで落として小皿に載せる。素材の比率はとても大事なポイントだ。実家でスケジュールがギリギリになるまで調査した結果、粘土粉百に対して逆鱗が一、魔石が五十の比率で混ぜるのが良い。逆鱗が一枚しかないので、この逆鱗が少なくて済む割合は非常に助かる。削り過ぎた分は小瓶に戻し、コルク栓でしっかり蓋をし引き出しへ仕舞《しま》

っておく。

分量を正確に量ったら、逆鱗《げきりん》と魔石の粉を乳鉢に入れて更にゴリゴリと潰《つぶ》し、粉末にしていく。ここで粒子が細かい程良い仕上がりになるので頑張って丁寧に潰す。この磨《す》り潰す作業は正直かなりの力仕事で、僕の非力な腕では結構な時間がかかる。マルカに任せてしまいたいところだが、あいつは乳鉢を割ってしまった実績があるので貴重な素材の時には頼らないことにしている。

……ちゃんとした杖《つえ》職人なら魔導士あがりだから、こういう力仕事も魔法でパパッと片付けられるわけだ。羨ましい話だよまったく。

できあがった粉末素材を、芯材用の白い粘土に混ぜていく。粘土粉に蒸留水を少しずつ注ぎながら混ぜて、ある程度まとまったところで粉末素材を少しずつ練り込んでいく。気の長い作業だ。できるだけ粉末素材が均一に混ざるようにしっかりとこねる。パン生地のように。パスタ生地のように。そう、力仕事だ。今回は少量なのであまり大変ではないが、まともな杖を作るときはそれなりに汗だくになり、汗が粘土に混ざらないよう細心の注意を払うところだ。……ここについてはちゃんとした杖職人でも魔法を使えない大事な工程である。

こうして、杖の芯材が完成した。元々真っ白だった粘土だが、ゴールドドラゴンの鱗《うろこ》と風魔石の色でうっすらと黄緑色になっている。均等な色合いは、素材が均一に混ざっている証拠だ。

あとは形を整えた杖の外側素材《ガワ》に、縦穴をあけて杖の芯材を詰め込み、芯材が固まりきる前に魔力を通し、固まるまで待てばほぼ完成……なのだが、ここからは僕オリジナルの邪道な作り方となる。

杖の外側素材。こいつに穴をあける工程。粘土を詰める直前に開ける方が良いとされていて、本来なら杖職人の得意な魔法でパパッと穴をあけるところ、僕は『彫刻刀で素材に溝を掘り、そこに芯材を挟んでフタをする』という裏技を編み出した。……編み出したといっても、これは魔道具の作り方に近い。魔道具の場合は、魔導基盤に魔石を使ったインクで回路を書き込み、触れられないようにフタをする。それの応用だ。

このオリジナルの作り方により、従来の杖の形に囚《とら》われない、あらゆる形の杖を作ることができるのだ。もっとも、この作り方だとよほど精密に作らないと芯材が空気に触れやすくなり劣化が早まるという欠点もある。……一年くらいは大丈夫だけど。

僕はツゲ材をノコギリで切り、ベルトのバックルのような小さな木板を三枚作る。簡単に紙やすりをかけた厚さ三ミリ程度のそれに、今度は彫刻刀でガリガリと溝を掘る。紐《ひも》状に伸ばした芯材をハメ込む渦巻状の溝だ。板を貫通する穴もあけて、二段、三段と立体的に重ねられるようにしておく。こうやって長さを稼いでいるのは、長い方が魔法をより強化できるためだ。合計で五十センチ程。従来の魔法杖《つえ》で言えば、杖の真ん中を持つタイプの中杖《ロッド》(一メートル程の魔法杖)と同じ程度の長さとなる。

彫り終わったところで組み立てだ。細い溝と穴に、切れないよう注意しながら紐《ひも》状に伸ばした芯材をハメていく。細い溝にぴったりと芯材がハマっていくのは少し気持ちがいい。二段目、三段目。よし。フタを作って、全体を松ヤニで接着。

「あとは芯材が固まる前に魔力経路を通して、固まるのを待てば完成……っと」

芯材に魔力を通すのは、粘土を指でつついてほじくり穴をあける感覚に近い。そして重要な点として、芯材の外に魔力をはみ出させてはいけない。芯材の外に魔力が出て良いのは入口と出口だけ。途中で芯材から魔力がはみ出てしまうと失敗となり、素材が無駄になってしまう。

故に、通常はまっすぐでそこそこ太い穴に芯材を詰め込むわけだが……幸い僕のか細い魔力は、こういう繊細な操作が大得意なのだ。ほじほじ。

無事に一度の挑戦で成功した。(というか一発成功しないと魔力と集中力が持たないからキツイ）……あとは芯材が固まるのを待つだけだ。細い分固まるのも早い。半日もあれば十分だろう。

「リストバンドなりで手首の内側にでも仕込めば完璧だな」

我ながらほれぼれする出来の隠し杖だ。従来の杖職人には決して作ることができない秘密兵器と言えよう。芯材もとても節約できた……その分、劣化も早いだろうけど。

ふぅ、と完成した隠し杖を机に置いて一息つく。

「師匠ー、それ、完成したんすか？」

「うぉっと!? マルカ、居たのか。いつの間に」

部屋にはマルカが居た。その手には、ナプキンが被《かぶ》せられた皿がある。リクエストしていたサンドイッチだ。

「いつのまに、じゃないっすよ。もう夜中っすよー？」

気が付けば外はもう暗くなっていた。部屋にもそっとランプが点《つ》けられており、魔力でやさしく光る球が部屋を明るくしている。僕の作業が滞る事の無いようにマルカが点けてくれていたようだ。

「折角《せっかく》師匠の好きなタマゴサンド作ったのに、食べないで作業するんすから。もー」

そう言って口をとがらせるマルカ。

「悪い悪い、没頭してたよ。気が付いたら腹が減ったな……早速食べるか」

「その手でっすか？　粘土松ヤニ味になるっすよ？」

言われて手をみると、僕の手は作業ですっかり汚れていた。

「ほら、自分が食べさせてあげるから口開けてくださいっす。あーん」

「ん、あーん。……うん、美味《うま》いな」

って、別に食べさせてもらわなくても、手を綺麗《きれい》にしてから食べたらいいのでは？　まぁいいか。

「ところで何作ってたんすか？　それ」

「ん？……あー」

この最新の隠し杖《つえ》については、色々と極秘が過ぎるのでマルカにも秘密にしておくか。

「秘密だよ。マルカは知らない方が（僕の都合が）良い物だ」

「ま、まさか呪物ってヤツっすか!?　詳しく知るだけで呪われるっていう!?　分かったっす、自分、知らないっす！　聞かないっす！　何も聞かなかったっす!!」

「うん？」

お化けを怖がる子供の様に慌てるマルカ。まぁ、聞かないっていうならそれでいいか。

こうして、僕は腕に仕込む隠し杖を完成させた。これで実技の授業があっても少しは大丈夫、のはずだ。できるだけ使う機会がない方が良いんだけどね……

＊　＊　＊

翌日。先日の質疑応答でばっちりガッカリされたおかげか、僕が教室に来ても特に人だかりが出来たりすることは無かった。やはりそれでも未《いま》だチラチラ視線が来るのは、特級魔導士という称号の力だろう。どことなく畏れのような物を感じる気がするが、昨日そんな要素は一切なかったので気のせいに違いない。

そして授業が始まった。

算術や国語、歴史といった普通の学校でも学ぶ各種科目はあるが、オラリオ魔導学園においては最も重要な魔法学の授業もある。これら座学については僕の得意分野でもあるというか、既に学習を終えている。伊達《だて》にオクトヴァル家次期当主として教育を受けていたわけではないというか、なにせ魔法や魔法以外の知識があれば最大ＭＰが伸びるという噂《うわさ》を信じて知識を蓄えまくったので。……結局上がったのはＩＮＴとＭＮＤだけで、ＭＰはこれっぽっちも上がらなかったけど。その知識は魔法杖作りに絶大に生きてくるので無駄にはなっていないけど。

授業は簡単だが、僕には目立たないようにするという目標があるため積極的に挙手して答える予定はない。回答するよう指されても教科書を見て、無難な回答をするくらいに止《とど》める予定だ。特に今日は初歩の初歩、魔導士候補生でなくとも貴族なら子供でも知っている魔法基礎知識についてのおさらいである。

「えー、それでは、魔法の基礎属性について。マルカさん答えてもらえますか」

「はいっす！　基礎属性は、地水風火の四大属性に、光と闇。計六種っすよ！　ふふーん、どうっすか、自分、ちゃんと師匠の教えを覚えてるんすよ！」

エーリン先生に指されて堂々と答えるマルカ。だがこれは常識レベルの知識である。それなのにどうしてこんなドヤ顔ができるんだろうか。

「マルカ。これくらい子供でも知ってるからそんな自慢げにするなよ」

「じゃ、じゃあ！　ちまたで上位属性と呼ばれているものが複合属性であるっていうのを追加っす！　例えば氷属性は、水と火の複合属性なんすよね!?　ふふーん、どうっすか？　褒めてくれてもいいんすよ？」

「ええ？　氷が水と火との複合属性なのですか？　氷属性が火と関わりがあるだなんて今まで聞いたことも無い説です。氷は火と正反対の代物《しろもの》。普通に考えればあり得ないでしょう」

エーリン先生が聞き返し、マルカはニヤリと笑う。

「簡単っすよ！　火とは、つまり熱いって事っす。水から熱いのを全部抜いたら熱くなくなって、氷になるんすよ！　ねっ、師匠！」

教科書に載っていないことを得意げに話し、マルカは今度こそドヤ顔をきめた。

「ねぇマルカ……それは人に言うなと言っておいた話のはずだけど？」

一方で僕は眉間にしわを寄せた。

「あ！　しまったっす！　こいつは『深淵《しんえん》』の知識だったっす……ごめんなさいっす！」

「そ、その名前を出すな！」

『深淵』。それは、マルカが魔力操作の修業をする際に僕が聞かせた『それっぽい話シリーズ』の総称である！　原本は家の物置にあった古いノートに殴り書きされていた「仮に世界に魔力が存在しない場合」という状況を想定した『カガク』とかいう空想理論。

多分この『カガク』ってのはご先祖様が思春期に書いた黒歴史な設定ってヤツなんだろうけど、マルカはこの話がとても気に入ったらしく何度も語る羽目になってしまった。いや、実際僕も内容を暗記するくらい読み返しちゃったんだけどね。案外事実に沿ってる所も多く、よくできていたし。

ただ、まるで他人の論文の結論だけを書き写したような原本は説明がすっぽ抜けてるところが非常に多く、マルカにせっつかれる形で僕が思いつきででっち上げ、無理矢理《むりやり》に辻褄《つじつま》を合わせて補完したところも多い。そんな身内の恥みたいな設定のため「決して外に持ち出すことなかれ」という意図を込めて深い穴を意味する『深淵』と名付けた。

それは出してはいけないのだ、身内ネタという穴の外へは！　僕もノリノリで適当な事を堂々と言ってたから恥ずかしいし！　そのまま記憶の彼方《かなた》へ埋めてしまえ！

そんな恥ずかしい名前をマルカに出されて、僕は気まずい気持ちでいっぱいになった。

「……あー、せ、先生。今の話はどうか聞かなかったことに」

「……ええ、えっと。そうですね……皆さんも他言無用ですよ？」

幸いにもエーリン先生がそう言ってくれたので、クラスメイト達《たち》もこくりと真剣に頷《うなず》き口外しないことを約束してくれた。……そこまでするくらいならいっそ笑ってくれよとも思ったけど、皆の親切を無下にするのもどうかと思ってスルーした。

「ほう、オクトヴァル伯爵家の秘伝か……」

「名前を呼ぶなってことは——禁忌ってこと？」

「くっ、弟子であるマルカさんが羨ましい……俺もタクト殿の弟子に……」

とかノリノリで反応している奴《やつ》も少しいたけど、これもスルーする。弟子になりたいって言ったヤツも隣の席のやつから止められていたので気にすることはないだろう。

さて、授業は勿論《もちろん》座学だけにとどまらない。魔法とは実際に行使する技である。故に、実技がある。そして、これこそ僕がこの学校で一番どうにかしなければいけない事なのである。

なにせ、僕のMPは最大でたったの5。この学園に入学する基準は最大MP30。つまり、僕六人分のMPが無ければ授業についていけないことになる。

体育用の動きやすい服装……灰色のジャージに着替えて屋外の運動場に出る。ちなみにこのジャージというのはリカーロゼ王国初代国王が作った由緒正しい運動着だ。

「……昨日あれだけガッカリさせたから、あまり注目されないとは思うけど……」

と、独り言を呟《つぶや》いてから自分を遠巻きに見るクラスメイト達をちらりと見る。何人かの生徒は腰に革製の杖《つえ》ホルダーを付けており、短剣のように短杖《ワンド》（柄を含めて二十五～三十センチ程度の杖を指す）が下げられている。杖好きの僕としてはどんな杖を使っているんだろうかと少し気になったが、隠し杖を使い無手派を気どる自分が話しかけに行くわけには行かない。

「あれ？　師匠、いつもの杖使わないんすか？」

マルカが無手で立つ僕を見て首を傾《かし》げた。

「あー、うん。おじい様の言いつけでね」

いつもの杖とは、愛用の幻影魔法と音魔法に特化させた特殊な二杖《じょう》。これは内容が内容なだけに授業の実技で使うのは詐欺でしかない。ただし、今袖に仕込んでいるゴールドドラゴンの逆鱗《げきりん》を使った隠し杖《つえ》は、一般的な中杖《ロッド》（一メートル程度の杖を指す。一般的な魔法使いに一番需要がある）と同じ性能がある。こちらは逆に授業で杖を使っちゃいけないとは言われてないしギリギリセーフ、ということにしておこう。

「学園では、このスタイルで行くように言われてるんだよ」

「ああ、大旦那様は杖持たない主義っすもんね。自分も使わない方が良いっすか？」

「マルカはいいよ、使わないと大変なことになるし」

マルカも杖ホルダーを付けており、そこには僕の作った魔法杖が挿さっている。ケルピーという馬と魚を合わせたような魔物の鬣《たてがみ》を芯材にしたシラカバの白い短杖《ワンド》で、魔力操作の補助に特化しているものだ。……これがないと、初級レベルの魔法も大暴走するからな、マルカは。

「しかし中杖《ロッド》や長杖《スタッフ》を持ってきてる奴《やつ》はいないな。さすが魔導士候補生、ってところか」

基本的に、杖は長ければ長い程効果が強くなるものだ。短杖《ワンド》よりは中杖《ロッド》、さらには長杖《スタッフ》（身長を超えるような長い杖を指す）の方が効果が強い。だがここは教育の場である。魔法を強化する杖を使っても意味はないだろう、僕みたいに卒業するためだけに学校に来ているような特殊ケースを除いては。

ちなみに僕の作った隠し杖はリストバンドに隠せるサイズにも拘《かかわ》らず、従来の中杖《ロッド》並みの性能を持っているわけで。かなりの自信作だ。将来的に本格的に杖職人になったら目玉商品にするのもいいな。

エーリン先生が教室の時と同じローブ姿で名簿を片手に運動場へとやってきた。生徒達《たち》とは違って教師は着替えないらしく、そのまま授業が始まる。

一応カリキュラムを確認したが、初日は魔力操作の授業となる。問題は実際にどのような実技になるか……事前の調査通りならなんとか誤魔化《ごまか》せるが、場合によっては突発性の腹痛で保健室へと駆け込む予定だ。

「えー、魔力操作の実技ですが、皆さんも知っているであろう基本、『ボール』を行っていただきます」

調査通りのエーリン先生の発言に、僕はホッと安堵《あんど》する。『ボール』とはＭＰを魔法にせず魔力そのままを球状にして体外に切り離すという操作だ。これであれば、魔力を節約して誤魔化す秘策がある。隠し杖を使う必要もない。

「まずはお手本を見せましょう」

そう言ってエーリン先生は右手を前に伸ばし、手のひらを下に向ける。その手からうっすら発光する魔力がじんわりと顔を出した。まるで沼からボールが浮き出るように、十秒もしないうちにそれは人間の頭くらいの球になる。

「大体、頭くらいの大きさを目安にしてください。ステータスで言えば、この球ひとつでＭＰ10です」

先生はそう言って魔力球を手のひらからぱちっと切り離す。魔力球には重さが無く、空中に浮いたままだ。体外に出た魔力はほんのり発光する性質があり、この球もうっすら光っている。その魔力球を、手を触れずに縦横斜めにと動かしてみせるエーリン先生。

「このように切り離した魔力球に手を触れずに動かしたり、魔力の形状を変えたりする上級操作もあります。余裕がある者は試してみてください」

ぐにぐに、と浮かせたままの球が潰《つぶ》れたり伸びたりする。さすがオラリオ魔導学園の教師、中々の腕前といっていい。

「師匠もあれくらいできるっすよね」

「……まぁ、魔力操作は得意だけど」

実際のところ、魔力操作は最大ＭＰの値が少ない方が扱いやすい。大きい筆で小さな文字を書くよりも、小さな筆で小さな文字を書いたほうが楽なのと同じように。ついでに言えば魔力操作は少ないＭＰを効率的にやりくりしたり、魔法杖《つえ》に回路を書き込むためにも必須の技能。僕が練習しないわけがない。……ぶっちゃけ、魔力操作のスペシャリストといっていいくらいだ。

「では、タクト君。前に出てやって見せていただけますか？」

「……はい」

　マルカと私語してたからか指名されてしまった。

　さて、MP10の球なんて全魔力を使い果たしても半球しか作ることができない。けれど、魔力操作は僕のお手の物。僕は先程のお手本のように手を前に出し、そこに魔力を集めて——ぷくぅ、とそれを人の頭くらいに膨らませ、ぽとんと落とした。

　秘儀、ハリボテボール。これが僕の秘策だ。中身がスカスカの、空洞なボールで、大きさは先程のお手本と同じにも拘《かかわ》らずなんと消費MP1！　たったの1！　なんてリーズナブルでお得なんでしょう！

「できました」

「ありがとうございます。では皆さんもこのようにやってみてくださ——ん？　ちょっとまってください？」

　眼鏡《めがね》をクイッと持ち上げ、エーリン先生が僕の出した魔力球をじぃっと見つめる。

「……ほほう、なるほど、なるほど。タクト君……あやうく見逃すところでしたよ」

　そう言って、エーリンはニヤリと口角を上げた。

「これは、この球に込められた魔力は……非常に少ないですね？」

バレた。バレてしまったか、と僕は冷や汗をかいた。何が魔力操作のスペシャリストだ、相手だってこの学園の教師、プロフェッショナルに決まっていた。こうなったら突発性腹痛を起こしていたことにするしかない！

「す、すみません！　悪気はなかったんです！　少し腹の調子が――」

「さすが特級魔導士！　これほど高度で繊細な操作をさりげなくやってのけるとは！」

ん？　と僕は言葉を止めた。

「良く見せてください！……いやぁ、これほど少量の魔力を切り離して薄く引き延ばし、本物のボールのように空洞の球にしてしまうとは！　オクトヴァルの血が成せる業なのでしょうか？　流石《さすが》『天才魔導士』――いえ、教師ともあろうものが生徒本人の努力を無視してはいけませんね。これほどの技量は相当な努力をしなければ身につきません」

同一の魔力は、磁石のようにくっ付く性質がある。体内と体外で魔力がくっつこうとするため、内包する魔力、つまりMPが大きければ大きい程に小さく切り離すのは難しくなるし、つられて操作も難しくなる。

つまり、MP1しか切り離さないのは逆に高い技術が必要になる。……まぁ、僕は最大

ＭＰが５しかないのでその点で言うとかなり楽なんだけども。

「これ、当然移動させることはできますよね？」

「それはもちろん」

縦横斜めにひゅんひゅん動かしたのち、本物のボールのようにバウンドさせてみせる。

それを見て、エーリン先生はパチパチパチと手を叩《たた》いた。

「素晴らしい！　弾むボールを再現して形を変えるなんて、本当になんて繊細で高度な操作技術でしょうか。タクト君、魔力操作においては君に教えることはありません！」

「あ、はい」

「魔力操作については授業免除としておきましょう。期末の試験は受けてくださいね」

そう言って名簿に書き込みをするエーリン先生。

「ところでお腹《なか》がどうかしましたか？」

「え、あ、ええと……腹具合が微妙なのでトイレ行ってきていいですか？」

「かまいませんよ、早速授業免除を適用しましょう。お好きにどうぞ」

そんなわけで、僕は魔力操作の授業については免除を獲得した。……目立ってしまったが、授業免除はありがたい。試験を受ける必要はあるものの、今期いっぱいは実技の授業に出る必要はないらしい。結果オーライという事にしておこう。

「さすが師匠っすね！　自分も授業免除を勝ち取って見せるっす！」

「いや、マルカは無理だろ。魔力操作苦手なんだし」

「言ったっすね!?……でもその通りっす」

フッ、とニヒルに笑って見せるマルカ。

「マルカは自分のできる範囲で頑張ってね」

「うっす！　全力で挑むっす！」

ビシッと敬礼するマルカ。

「……なるべく小さく出せるようにね」

「うっす！」

返事とやる気は一人前だが、それゆえに一抹の不安が残る。大丈夫だろうか？

「さて、皆さんもやってみましょう。あ、苦手な人は杖《つえ》を使っても良いですから、確実にやってみましょう」

魔法杖を使うと、手に集めるよりも魔力を扱いやすくなる。何人かの生徒は魔法杖を持って実技に挑んでいた。杖好きの僕としては彼らと杖談義をしたいところだがぐっと抑えて、先程先生に宣言した通りトイレへと向かった。

#Side　運動場

　タクトが離れた後。皆に合わせてマルカも魔力球を出してみることにした。タクト謹製の魔法杖を使えばお手本と同じくらいのサイズで魔力球を出すこともできるのだが、マルカは先程タクトがやって見せたように素手でチャレンジしてみたくなった。杖を使ってもいいと言われていたが、使わずにできるならその方が良いだろう。

「……ふんっ！」

　ぐぐぐ、とマルカがにゅるんっと魔力球を出す。しかしそれはスライムのように手にまとわりついて離れず、ぶんぶんと振り回すがどうにもならない。

「ふー……もっとデカく出さなきゃだめっすね」

　そう言ってマルカはじっくりと瞑想《めいそう》して力を籠《こ》め、両腕で抱きかかえるくらいの魔力球を作り、ようやくぶちんっと切り離す。それに込められた魔力は——軽くＭＰ50程はありそうで、ただの発光現象で光魔法のライトくらいの明るさがあった。それを見たクラスメイトがひきつった顔でマルカに話しかけた。

「す、すごい魔力ですね……体調は大丈夫なんですか？」

「伊達《だて》に師匠の弟子じゃないっすよ！　すこし（眠気を誘う心地よさに）ふらつくっすけど、このくらいなら慣れてるっすからね。ま、自分にかかればこんなもんっす！」

以前はMP300程の魔力球でないと切り離すのもままならなかったので、マルカ的には随分と上達したのである。切り離しにかかる時間もかなり早くなった。しっかり切り離さず寝落ちてしまうと魔力が体に戻ってきてオエッとなるので一苦労だ。

「大きく出せばいいっていう話じゃないですけども……」

「いやぁお恥ずかしい。実は師匠にも（もっと小さく出せるようにしろって）言われてるっす。これでも（昔に比べて）だいぶ小さいんすよ？」

「ええ!? これで（師匠と比べて）小さいんだ……お師匠にも（力を示せと）言われてるなら私が口をはさむことじゃないわね……」

うんうんと頷《うなず》くクラスメイト。

「ところで、し、『深淵《しんえん》』って……やっぱり禁忌なの？　門外不出的な？」

「それは、言えないっす……さっき自分が漏らしちゃったことはもう忘れて欲しいっす」

あくまでタクトの言いつけを守ろうとするマルカ。

「……でも！　弟子になったらあるいは……っすね！　どうっすか？　そうすれば（魔力球を切り離すのが上達して）これくらい楽勝っすよ！」

「いやいやいやいや、無理無理！　（そんな大きい魔力球出すのを強要されたら）死んじゃうって！」

「そんなことないっすよ！　師匠はとっても優しく教えてくれるっす！　（寝落ちして）

倒れてもベッドまで運んでくれるんすよー」

「（倒れるまでやらされるとか）……止めてもらえて正解だったかも。『天才魔導士』様には（恐ろしくて）気軽に弟子入りとかできそうにないね」

「えぇー？　まぁ（光栄すぎて）尻込みするのも無理はないっすけど」

それは座学の授業の時にこっそり自分も弟子になりたいとか言っていた生徒だった。残念、諦めるらしい。妹弟子ができるかと思ったのに。

「マルカさん、なにはともあれ（魔力喪失で）ふらつくなら、今日は先生に言って休んだ方が良いんじゃないかな？　無理したら身体《からだ》によくないよ」

「え、いいんすか？　なら（眠いし）休ませてもらうっすよー」

クラスメイトの助言に従い、マルカは蒸発するように霧散しつつある大きな魔力球をずるずるひっさげてエーリン先生の元へ向かった。先生に話しかけると、一般的な生徒にとっては明らかに出しすぎな量だったので、ぎょっとした顔で休んでいいと許可を出す。マルカにとっては、まだまだ余裕すぎる量だったが。

——Side　END#

放課後になれば、基本的には自由時間。中にはバイトに励む生徒もいるらしいが、僕とマルカは特にお金に困っているわけでもない。

「師匠、部活動とかはしないんすか？」

「しないよ」

学園には部活と言うものも存在し、それぞれ活動を行っている。が、もし部に所属しようものなら僕の秘密がバレる可能性はその分だけ高くなる。なので大人しく無所属の、いわゆる帰宅部とさせてもらおう。

「マルカには付き合わせちゃって悪いけど、何かしたい部活でもあった？」

「ああいや、自分は別に師匠のお傍《そば》にいられればそれでいいんすけど……魔法杖《つえ》部、というのがあったんすよ」

なにそれ凄《すご》く興味深い。

「……ちなみにそれってどんな部活だって？」

「お気に入りの魔法杖を持ち寄って語り合う部活らしいっす！　なんでも、コッコ先輩もこの魔法杖部に所属してるらしいっすよ！」

「なんだ、杖を作る部活じゃないのか」

そういうことなら急激に興味は減っていく。しかも王族が所属してるとか確実に地雷案件だ。

「う～ん、でも大旦那様の言いつけを守るには、部活に所属するのも手っ取り早いんじゃないかと思うんすけど……」

「言いつけ？　何の話だマルカ。僕はおじい様から学園を卒業しろとしか言われてないんだけど、マルカは何か言われたの？」

「あ、いや！　なんでもないっす！」

慌てて手をパタパタと振るマルカ。本当かなぁ、怪しい……

「あ、師匠！　屋台があるっすよ、買い食いしたいっす！」

露骨に話を逸《そ》らすマルカ。その指差す先にはクレープの屋台があった。

確かに放課後ということで小腹のすく時間だ。僕はマルカの提案に乗ることにした。


「お、ここ学生証システムに対応してるっぽいっすね」

学生証システム。それは、学園の学生証を使って魔法決済を行うシステムである。あらかじめ預けてある金額以上の支払いは受理されないが、いちいち現金を持ち歩く必要がないのが便利で良い。学園区画の他の学校の学生証にも対応している。

ただし、魔法圏内でなければ適用されないのでほぼ学園区画限定だ。王都内では冒険者ギルドや大手商店なら対応しているが、まだまだ完全には浸透していない。

クレープと引き換えに、学生証を支払い機に当てて魔法決済を済ませる。チャリーン、とコインを貯金箱に落としたような音がした。支払い完了だ。

「肉クレープ美味《うま》いっす。今度うちでも作るっす！」

「普通にフルーツとかクリーム使ってるクレープもおいしいよ」

もぐ、とフルーツが彩るクリームたっぷりの甘いクレープを齧《かじ》る。

「オクトヴァルだと串焼きの屋台があるところっすけど、流石《さすが》王都はオシャレっすね」

「競争が激しいんだろう。外見も拘《こだわ》らないと生き残れないんじゃない？」

「なるほど、さすが師匠は物知りっす。あ、そっちの甘いやつ一口くださいっす」

そう言ってクレープにかじりつこうとしたマルカだが、僕はクレープをすっと下げて退避させた。

「ダメ。マルカの一口って半分くらい持ってくだろ」

「ちぇー。じゃあ自分で買うっす」

そう言って、二個目のクレープを注文するマルカ。今度は甘いクレープだ。

マルカ、実は結構な大ぐらいだ。二人前、三人前は割と余裕で平らげる。魔力の秘訣《ひけつ》はこれなのか、と真似《まね》してみたこともあるが、僕は食べ過ぎで腹を壊しただけだった。

「いっそ晩御飯をクレープにしちゃおうか？」

「え、いや。晩御飯はちゃんと食べなきゃダメっすよ」

あくまでクレープはオヤツらしい。

「にしても学生証カード一枚で支払いができるって、便利っすよね」

「ついでに圏内であればメッセージも送れるっていうんだから、凄《すご》いよな。これを作った奴《やつ》は天才だと思うよ。オラリオ魔導学園の教師だって話だけど」

「『天才魔導士』の師匠がそこまで言うんすか」

マスター《親機》スレイブ《子機》、という形式になっており、子機である学生証はほぼ表示機能のみ。どこかにある親機側で色々と処理を行ってくれるらしい。

「そういえば、学生証システム親機への魔力補充バイトがあったな」

「え！　魔力を出せてお金までもらえるんすか!?」

「気になるならやってみたらいいよ」

どうせマルカは一日１００ＭＰは消費しておかないといけないノルマがある。捨てるくらいなら売った方がマルカのお小遣いにもなるし経済も回る。誰も損しない。

「う、で、でも、自分、師匠のメイドさんっすから！　師匠から離れたりしないっす！」

「じゃあ僕も付き添いで付いて行ってあげるからさ」

「ならいいっすよ！　今度行くっす！」

一応伯爵家のメイドとしての給金も出てるはずだが、それでもお小遣いが多いのは嬉《うれ》しい事のようで。マルカはお小遣いが手に入ったら何を買おうかと空想し始めた。

「肉、ケーキ、魚、パン、肉、野菜、肉、クレープ、おかし、肉……！」

「うーん、食いしん坊」

しかも肉の割合が多い。マルカがこうも立派な体になったのは、この食欲が間違いなく関わっている。保護した時のガリガリだった体を思い返すと感慨深いなぁ。……いやほんと立派になって。色んな意味で。

＊＊＊

入学式から半月ほど経過し、学園生活もだいぶ慣れてきた。

学園には図書室がある。僕は学長に出された課題を解決するためのヒントを求め、実技の授業免除で猶予のあるうちに図書室の文献を調べてみることにした。

「まったく、ドラゴンを単独で倒せとかどういう無茶《むちゃ》ぶりだよ……おじい様や父上、母上ならできたんだろうけども……」

とはいえ、宮廷魔導士なら無理な話ではない。父も母も優秀な宮廷魔導士であったので、それも実際やってのけただろう。今僕のリストバンドになっているゴールドドラゴンだって両親二人で倒したヤツだし。

とりあえず、ドラゴンを単独で倒すことを目標にするとして、僕には何がどう足りないかといえば――正直あらゆるものが足りないが――問題解決のために、まずは問題を分析してみようと思う。

問題解決には分析して小分けにするのが最適だ。難解な問題は、よく見れば単純な問題の組み合わせであるという事が多い。

僕がドラゴンを倒すにあたって……まず必要なものは相手のドラゴン、そしてドラゴンを倒す手段だ。この二つが揃《そろ》えば、極論あとは実行するだけでいい。

相手のドラゴン――ドラゴン自体は、辺境ならそれなりに出没する。ただ、これが僕の倒せるレベルの強さとなると話は変わってくる。僕が弱すぎるので。

ドラゴンを倒す手段――これは僕が単独でという縛りがある以上、必然的に僕の使える最大の攻撃で、ということになるだろう。ＭＰ５で使える攻撃魔法か……剣で殴った方がよほど強いんじゃないか。多分。

僕の攻撃力と、それで倒せるドラゴンを考え、導き出される最適解は――

「――死にかけのドラゴンを探して、介錯《かいしゃく》する、かな？」

幸運が重なれば、そういう事で目的達成できるかもしれない。果たしてそれが自分の力だけで討伐したことになるかは微妙だけれど。……必要なのは死にかけのドラゴンを見つける探査魔法ってことになるな？

「……マルカに手伝ってもらうのは確定だな」

学長は単独で、とか言っていたけれど、自由時間……つまり休日にやるなら証人がいるわけでもない。こっそり黙ってマルカにドラゴン退治を手伝ってもらうのはありだろう。ドラゴンを探すところまでなら手伝ってもらってもさほど問題ないはずだ。いざとなればマルカに退治してもらい、それを僕の手柄に……という手が無いわけでもないけど、まぁ、個人的にそれはやりたくない。純粋に人の手柄を奪うような事をやりたくないってのが一番の理由だが、マルカが隠し切れそうにないし、再現してと言われたらあっさり嘘《うそ》だとバレるだろう。

あくまで、僕の手できっちりドラゴンを倒す必要がある。

というわけで、倒せるドラゴンの選択肢を増やすために攻撃魔法を習得せねばなるまい。

僕は図書室にあった攻撃魔法図鑑を広げて検討を始める。

図鑑には魔法陣と通常消費ＭＰ――杖《つえ》無しで一発分に必要なＭＰ平均――が記載されていた。計測にステータス魔法が使われている比較的新しい図鑑だ。

今のところ僕が使える魔法は通常消費ＭＰが10未満の下級魔法だけだ。幻影魔法と音魔法、生活魔法もこれに含まれている。……元々消費ＭＰ１の生活魔法以外は、専用魔法杖がないと話にならないけれど。

「中級魔法が使えれば、大分違うのになぁ」

一発で限度では実戦で使い物にならないけれど、『トドメの一発』が使えると使えない

では大違いだ。トドメを刺せば、大手を振って自分が討伐したと言えるのだから。

パラパラと中級魔法のページを見ているとサイクロンのページが目に止まった。通常消費ＭＰ20、父上の得意魔法だった魔法。一応僕の適性は風属性に傾いているので、風属性なら多少は少ないＭＰで撃てる。適性属性は最大でＭＰ二割引き、という感じだ。

「この魔法陣だと、ここを削って……ここを繋《つな》げて……結構削れるな」

僕は図鑑の魔法陣を解析してみる。魔法陣は魔法そのものを表わした術式で、十分な魔力を使ってこの魔法陣を構築することで現象が発生する。そして、あまり知られていないが実はこの術式にはリミッターが設定されているのだ。

安全装置。過剰に魔力を入れた際、術者本人へバックファイアが発生してしまうのを防ぐシステム。これを削ると必要魔力が一気に半分になる、こともある。代わりにＭＰが３もオーバーすれば暴発してしまう非常に繊細な魔法になってしまうが――……そう、過剰に入れられるほどのＭＰがない僕には不要なものだ。カットカット。

「……理論値で、最高効率の素材の杖を使ったら……8、いや7ＭＰってとこか」

ああ、MPが足りない。せめてあと2だけでもあればなぁ……

「詰んでるなぁ……まてよ。魔法以外の手段で補助するって手もあるな。錬金術の本でもあたってみるか？」

図鑑を戻して錬金術の本がないかと本棚を見ていると、ふと『魔法杖《つえ》の素材（著：ギャリック・オリバ）』という気になるタイトルを見つけた。魔法杖界の第一人者、オリバ氏の著書である。これは参考になりそうだし息抜きに丁度よさそうだ、と手を伸ばすと、同時にその本に伸びる手があった。

「おっと、すみません」

「ああいえこちらこそ……あ、授業免除のタクト様……？」

その手の持ち主は瓶底のような分厚い眼鏡《めがね》をかけた、少し不健康そうな隈《くま》を持つ目をした少女だった。薄いそばかすがあり、青髪を緩い三つ編みにしているものの、前髪は長く眼鏡も半分隠れている程。白い制服を隠すように濃いグレーのローブを着ている。……僕の呼び方から考えて一年生だろうが、見覚えのない顔なので二組の生徒だろう。

それにしても、授業免除の……とは、なんと微妙な二つ名だろう。しかしそれはそれで微妙さが際立って良いかもしれない。って、今はまさに授業時間。それなら目の前のこの女の子も授業免除の対象者ということになる。

「どうやら、授業免除なのは僕だけじゃないみたいだね？」

「え、ええ。……といっても、完璧な制御のタクト様と比べて、そう褒められたものでもないですけどね？　なにせ立派な魔導士様と違ってＭＰが少ないから、制御がとても簡単なんで」

隈のある目をニマリと細めつつ卑屈そうに笑う少女。あ、それ僕もです、と、一方的に親近感を抱く。というかこの不健康そうな目も杖作りに没頭して三日程寝てない時を思い出す。うーん、ここも親近感。

「……ここだけの話ですが、私、ＭＰがたった35しかないんですよ」

「そ、そうなんだ……」

僕の七倍もあるじゃないか。いや、最低でもＭＰ30あることはこの学校にいる時点で分かっているのだけれど。

「あ、申し遅れました。私はネシャト・アンヌール、父は伯爵です……」

「おっと、これはご丁寧に。タクト・オクトヴァルです。よしなに」

自己紹介をする。ネシャトさんちは僕と同じく伯爵家らしい。王女みたいなお偉いさんとちがって、一緒に居ても問題にならない安心感があるな。

「タクト様は何をしに図書室へ？」

「調べものだよ。……あー、ちょっと研究してることがあってさ」

「私もです。お恥ずかしながら、最大ＭＰを増やす研究について調べておりまして」

最大ＭＰを増やす研究……！　と、超絶気になる単語を上げられ、僕はネシャトさんの抱える他の本を見る。『身につく魔力』『魔力の上がる食べ物』『伝説の魔力回復薬《エリクサー》を求めて』『魔力体操入門』と、言葉通りのとても気になる文献揃《ぞろ》い。ＭＰという言葉自体は僕のステータスで作った名称なので旧来の魔力という表現だが、間違いなくＭＰの話だ。

「どうせ特級魔導士であるタクト様には、興味のない事だと思いますが」

いやいやめっちゃあります。ありますとも。

実家にいたころからおじい様が知ってる経験則や、手に入れられる本に書かれている方法は片端から試したもの。ＭＰの足りない人の苦労は他の誰よりも理解できる。というか、僕の方が分かる！

「ん？　それでどうして杖《つえ》の素材についての本を？」

「……杖の素材になるようなものを食べたら最大ＭＰが増えないかと……」

「その発想はなかった」

杖の素材なんて、食べたら単純に腹を下しそうなものが大半なのだけど。

「あの、魔導士様は食べるだけで最大ＭＰが上がる食材とか、知りませんか？」

「そんなものがあったらＭＰが少なくて苦労する人はいなくなるだろうね」

「そうですか……はぁ、他人のＭＰを取り込んで自在に使えればいいのに……」

「……それは禁術だね」

その発想は、昔の僕も考えた。しかしどんな魔導書でも、他人の生の魔力を体に取り込むのは禁止されている。具体的な理由としては、拒絶反応で魔力回路がズタボロになり二度と魔法が使えなくなるからだ。実際に犯罪者の魔導士に対する刑罰方法のひとつで、具体的な方法は一般には公開されていない程である。（一応、魔力操作で作ったボールを触ったり食べたりするくらいでは取り込む心配もない。何かしら特殊な魔道具か魔法を使って取り込むとされている）

筆頭宮廷魔導士のおじい様なら知っているだろうけれど、僕は知らなかった。

「で、この本どうする？　『魔法杖の素材』」

「あ、う、魔導士様が読みたいならお先にどうぞ。私は見ての通り他に読むものもありますから。なんなら近くに座らせていただいて、読み終わったらそっと置いといてもらえれば」

「そう？　なら遠慮なく」

呼び方に距離を感じつつ、僕は譲られた本を早速読むことにした。机の向かいにネシャトさんが座り、別の資料を広げて読み始める。……他人が読んでいる本の内容というのも、気になるものだ。ましてやそれが関心のある最大MP向上についての本ともなれば。

一応自分も本を読みつつ、ちらちらと向かいの資料を盗み見てみる。あ、あの本は実家で読んだことがあるやつだ。

「あ、あの、さすがに視線が気になるんですが……」

ネシャトさんから文句が入った。

「ごめんごめん。どうにも気になっちゃって」

「気になるって……魔力の上がる食材を杖《つえ》の材料にでもする気で……？」

「いやいや、杖の材料ってのは見ての通り魔力が通りやすかったり特定の属性を通しやすい素材にしたりするもの。その本に書いてある食材って、基本的に身体《からだ》に魔力を留《とど》めようってコンセプトのやつでしょ？　杖の素材にするには最悪だよ。例えば、そこに書いてあるオーク肉を杖にしようもんなら発動して数秒経《た》ってから魔法が出たりするよ」

一度、骨や角だけでなく血肉を素材にできないかと試したことがあったのだが、ロクな杖にならなかった。しかもカビて使い物にならなくなったっけ。

「……それじゃあ逆に、食べておいたら数秒は最大MPが上がったりしないんですか？　オークの肉に含まれる魔力とかで」

「死体になった時点で空気よりも濃い魔力は霧散するから、基本的にないね。例外は魔物の心臓、つまり魔石だけど」

「魔石を食べても、魔石に魔力が溜《た》まるだけで魔力値が増えるわけじゃない、ですか」

魔石は、加工して魔道具に使わなければ溜め込むばかりで意味が無い。そして、魔石から利用できる魔力はとても微弱で緩やかなもので、魔法には使えない。ランプのように緩やかに長く効果を発揮してほしい道具に向いている。

「そういうこと。うまい話は中々ないもんだよ」

「ですよねー。はぁー、やりたい事の前提を再確認しますか……」

そう言って、ネシャトさんはポリポリと頭を掻《か》く。

「前提を再確認、って、最大魔力を上げたいってのが前提になるんじゃないの？」

「違いますよタクト様。『魔法を使うにあたり魔力が足りない』、です」

うん？　違うのか？　と考える。

「前提条件として魔力の上限があるように思えますが、別に魔力が足りるなら最大魔力が増えなくてもいいんです。違いますか？」

「違わない、けど、最大魔力が足りないと魔法が使えないんじゃないか？」

僕がそう言うと、やれやれ、とネシャトさんは首を振った。

「例えば、これです」

そう言って、ネシャトさんは『伝説の魔力回復薬《エリクサー》を求めて』を僕に見せる。

「魔法を使っている最中、魔力は全部を一瞬で使うわけではありません。大きな魔法ほど時間かけて魔力が減っていく——感覚で、分かりますよね？」

「あ、うん」

ごめん、僕が使える魔法は本当にごく微量のＭＰで消費は一瞬。なのでそんな感覚味わったことが無い。

「では、仮にエリクサーが実在し、魔力の消費中に魔力を回復できるとしたら？　それは実質、最大魔力量が増えたのと同等に魔力が使えるんじゃないでしょうか……！」

むふーっ、と鼻息を荒くしてやや早口に、得意げに話すネシャトさん。目が生き生きしてる。なるほど、盲点だった。魔法の途中で回復してしまえば最大魔力量以上に魔法が使える可能性がある、と。

「ま、今回の場合『本当の前提』は『自分で魔法を使う事』です。そこさえ外さなければ、何をしてもいいようなものなのです。……禁術で将来魔法が使えなくなるのは勘弁ですけれど」

確かに、何か別の目的があって魔法を使いたいのなら『他の人に依頼して魔法を使ってもらう』って選択肢もあるもんな。

……ん？　そう考えると、学長の言っていた課題もちょっと話が変わってくるかもしれない。学長が言っていた『従者《マルカ》の分の特別合格を認めさせる』が目的なら、『従者《マルカ》と合わせて実力がある』と思わせられればいいわけで。つまり、マルカに手伝ってもらうのはもしや合法……合法なのでは!?　きっと合法！

「……あっ、す、すみません。『天才魔導士』のタクト様に、得意げにこんな事」

「いや、凄《すご》く参考になったよ！　おかげで僕の悩みも解決しそうだ」

「そ、それはなによりです」

ネシャトさんは先程の勢いある前屈《まえかが》みな姿勢とうって変わって「恐縮です」と頭を下げてくる。呼び方もなんとなく距離が近づいた感じだ。

「それで、魔法を使うのに十分なMPを自前で確保するのが目的なわけだね」

「はい……MPをバケツにとっておけたらいいのになぁって思いますが」

はぁ、とため息をつくネシャトさん。

「それで言うと、魔石が一番それに近いんじゃないかな」

「魔石はどちらかと言うと、布に水をしみ込ませたような感じじゃないですか……バケツのように、汲《く》んで取っておいていつでも使えるのとは違いますし」

「……まぁね。そんなのがあれば、魔法界の大革命だしね」

ステータス魔法以上にヤバいと思う。

僕もそんな素敵なバケツがあったら欲しい。いろんな問題が一気に解決しちゃうじゃないか。

「ネシャトさん……作ってみたら？　そのバケツ」

「え？」

「魔導士の研究として、そういうテーマでさ。僕も欲しいし……僕も研究したい。正直魔石以外で魔力を外に保存するって発想が無かったよ」

僕がそういうと、ネシャトさんは口に手を当て考える。

「……確かに。必要なら、自分で作ってしまえばいい、ですもんね」

「僕も手伝うよ。共同研究とかどうかな、人数は多い方が研究が捗《はかど》るよね」

「特級魔導士のタクト様の協力があれば心強いです……けど、見返りが払えません」

そういえば、魔導士に仕事を頼むとなると普通は結構な報酬が発生するものだった。

「いやいい。僕も興味があることだからね。完成した研究成果を僕にも使わせてくれるってんならそれで十分さ」

「であれば、是非！　よろしくお願いします、タクト様」

契約成立。まぁ、MP的に厳しいことは手伝えないので知識面でしか協力できないけれども。

「共同研究者なら様はいらないよ。それに同級生でしょ？」

「じゃあ、タクト、さん、で。……畏れ多いので私の事は呼び捨てにしてください……」

「あ、うん」

僕はネシャトさん——ネシャトと、固い握手を交わした。ネシャトの手はふにゅんと女の子らしく柔らかかった。

「け、けど、最大MPを上げる研究もしたい、ですね」

「そっちも凄《すご》く興味があるよ。僕にできる事なら手を貸すから遠慮なく言ってね」

「約束ですよ？　え、えへへ……」

「ああ。できない事は断るけど」

そう約束し、改めて資料を読む。杖《つえ》の素材。……これもある意味、魔力のバケツ足りえるんじゃないかな？　いや、それなら留《とど》めるコンセプトの『魔力の上がる食べ物』に書いてある物の方が向いてるかも。

うーん、考え始めると面白い研究対象だ。魔力の器を身体《からだ》の内ではなく外に設けることで最大MPをアップさせる。なぜ今まで僕はこの研究をしなかったのか。

「あの、タクト、さん？」

「ん？」

「早速手伝って欲しいことがあるんですが……試してみませんか？　これ」

モジモジとネシャトが言う。眼鏡《めがね》の向こうで隈《くま》のある目が上目遣いに僕を見る。ネシャトの手には『魔力体操入門』。さらには「二人で行う魔力体操」のページが開かれていた。

「それ、ストレッチみたいだけど……？　こういうのって異性とやらない方がいいんじゃないか。誰か友達に頼んだほうが？」

「……友達、いないんで……学生証の連絡帳も、まだ誰の登録も……」

伏し目がちに言うネシャトに、あっ、と口を噤《つぐ》む。というか思い返せば初日に質問攻めにあって以降、僕もマルカと先生以外とは誰とも話してないに等しい。マルカがいなかったらネシャトと同じポジションだったに違いない。学生証の連絡帳だってマルカしか居ないし。

そう思うとネシャトの申し出を断ることなど……僕にはとてもできない！

「分かった。やろう。連絡先も交換しよう！」

「い、いいんですか!?　しかも連絡先の交換だなんて……いくら払えば!?」

「まってネシャト、お金とかいらないから、その財布はしまって」

お財布を取り出しつつあったネシャトを制止する。

「えっ……友達には、友達料というものが発生すると聞いたことがありますが……」

なにそれどこ情報だよ。いくらが相場なの？

「あ、そ、そうですよね。私とタクトさんが友達なんておこがましかったですよね……共同研究者として、連絡先の交換は当然ですよね。あはは、すみません早とちりしちゃいました」

「いや、うん、友達。友達だから。ただ、友達料なんていらないだけで……相殺《そうさい》ってことでいいんじゃないのかな」

「え、でも、私みたいな根暗が友達なんてタクトさんになんのメリットも……ないじゃないですか。だから、だからせめてお金を……差分を払わなきゃ……！　はっ、身体《からだ》で払えばいいと？　分かりました、私の貧相な身体でよろしければ――」

「そういうのもいいから！　というかそういう事いっちゃいけません！　僕にとっても貴重な友達なんだからね!?　対等じゃないなら友達辞めるよ!?」

「き、貴重！　私が、ですか!?　えと、その、友達辞められるのはいやなので、わ、分かりました……！」

かくして、僕にちょっと面倒くさい友達ができた。

お互いに身内以外で初めての連絡先を入手し、早速魔力体操にとりかかる。

魔力体操は、手をつないで引っ張りあったり身体を伸ばしあう事で、身体の魔力を生成する筋肉のようなものを刺激して魔力量をアップさせよう！　みたいな体操であった。幸い、手をつないで引っ張りあったり、背中を押して前屈したり、という比較的当たり障《さわ》りのないところだけを試したわけだが……

「ネシャト、身体《からだ》めっちゃ固いね」

「タクトさんこそ、前屈それで限界なんですか」

お互い運動不足な研究者志向。だからこそ、効果は見込めそうな気もしなくもない。

「ま、魔力が……魔力が上がってる気がします……！」

「これ、ストレッチで血行が良くなって身体が火照《ほて》ってるだけじゃないかな」

「上がってる、そう思う事こそ上がる秘訣《ひけつ》とありますよタクトさん！」

頬《ほお》を赤くしてそう言うネシャト。血行が良くなっているのは間違いないようだ。

「ステータス……ううん、やはりそう簡単に上がりませんね……」

「まぁ、うん、だろうね」

「タクトさん、次はこっちのもっと凄《すご》そうなやつを試してみたいんですが」

見ると、それは寝ている体の上にもう一人が寝そべるという奴《やつ》だった。どういうストレッチだこれ。いや、ストレッチじゃなくて魔力体操なのか。

「さ、さすがにそれを男女でやるのは友人の域を越えていると思うよ!?」

「はっ、で、ですよね……!?　す、すみません、調子に乗っちゃって……!!」

顔をぼっと赤くするネシャト。ストレッチの効果ではなく、自分がどれだけはしたない事を言ってしまったのかという羞恥によるものだろう。

「とりあえず、背中押すやつと引っ張りあうやつをもっとやってみようか」

「そ、そうですね。手をお借りします」

その後、マルカが「師匠ー、お昼っす……あっ、お邪魔したっすか？　出直すっす！」と顔を出すまで僕らは魔力体操をやっていた。図書室で何やってんだ僕らは！　と正気に戻り素早く距離を取ったのは言うまでもない。

残念ながらこの日は最大ＭＰは上がらなかった。しかし、こういうのは一日で効果が出るようなら苦労しないもの。継続しなければ意味が無いだろうと、また後日魔力体操をやる約束をした。

当然、次からはマルカがネシャトを手伝うという形で。

＊　＊　＊

かくして、時は順調に流れた。

座学は普通に、実技は免除。相変わらずクラスでは友達らしい友達もおらず、マルカ以外からは遠巻きに見られている。連絡帳に載っている名前も相変わらずマルカとネシャトの二名のみだ。尚《なお》、ネシャトとはあれからもたびたび図書室で顔を合わせており、実質友達であると認識していた。連絡先も交換してるし。一度もメッセージ送られたり送ったりしたことはないけれども。まぁいつも図書室で顔合わせるし……。

一方でマルカは友達もでき、僕の従者をしつつも楽しい学園生活を送っている。連絡帳にも僕とネシャト以外の名前が載っていた。羨ましくなんかないんだからね、と僕は本心では少しだけ嫉妬しつつ、ハーフエルフで忌み子と嫌われるマルカがきちんと笑顔で生活できていることに安堵《あんど》してもいた。


学長から出た課題の対策の方も進めてはいる。現状、ドラゴンの棲息域《せいそくいき》への遠出を計画中だ。……いや、単独で倒すにはそりゃもうあれなんだけど、マルカが手伝っていいとなれば話は別。ちゃんと学長にも確認して『まぁそれでそこそこ強いドラゴンが狩れるなら良いんじゃないかな』とのお言葉ももらったので、確定である。

ついでに言えばドラゴンである必要性すらない。ドラゴン並みに強いモンスターなら実力を認めさせるには十分だからだ！

収獲した素材をネシャトの研究に役立ててもらうというのもアリだな。

ま、それはそれとして最大ＭＰを増やす試みは引き続き継続中だけども。

「しかし魔物の肉が魔力……最大ＭＰを伸ばすっていうのは本当かなぁ……」

どこぞのダンジョンで獲《と》れたとかいうミノタウロスの干し肉をもぐもぐ齧《かじ》りつつ、一向に伸びないMPをステータスで確認する。開発者の特権で小数点以下まで細かく表示させて確認しているが、一向に伸びる気配がない。

同じものを食べているネシャトも（こちらは小数点以下は確認していない自己申告ではあるが）伸びていないそうなので、デマ情報の可能性が濃厚だなと噛《か》み疲れた顎関節に手を当てて撫《な》でる。

そんな風に、僕は気が緩んでいた。

そして、えてしてそういう時にこそ影というものは差してくる。

平穏に学校生活を続けていたある日、廊下を歩く僕の前に一人の女の子が現れた。赤色のロングストレートという中々目立つ髪を持つ快活そうな少女は、多分お隣、二組の同級生徒だ。胸の戦闘力は中々にありそうで、マルカが「ふむ」と頷《うなず》いていた。

「『天才魔導士』、タクト・オクトヴァルだな？」

「え、あ、うん。そうだけど……君は？」

少女は、仁王立ちする勢いで僕の前に立ち、強気な赤い瞳で見てくる。

「私は、二組のカレン・キサラギ。カレンと呼んでくれ。……平民の奨学生、と言えば分かるだろうか」

奨学生。それは優秀であるものの経済的に入学が難しいという魔導士候補を救済すべく用意されている制度だ。将来的に返済義務はあるものの、補助金が出る。そしてそれを維持するためには優秀な成績を収める必要がある。

「はあ、それで奨学生のカレンさんが僕に何の用で？」

「少し話がある。……その。ここでは何なので校舎裏の方へ来てくれないか？」

「えーっと……ここではできない話？」

「ああ、その、お互いのためにもその方がいいだろう」

そう言って少し腰を曲げ、やや上目遣いに僕を見つめるカレン。一見純粋に懇願しているようで、しかしその目は何やら企《たくら》みを持っていそうな気配を感じる。……幸い今は放課後であるため時間が無いわけではない。ネシャトとの待ち合わせはあるが、それほど厳密に時間を約束してもいない。

「おっと、それなら自分はネシャト様に一言言ってくるっす！」

そう言ってマルカはニヤニヤと笑みを浮かべつつ図書室へと向かっていった。こういう時こそ学生証のメッセージ機能で一言入れれば十分なはずなのにわざわざ。そして、マルカが去ったとたんニヤリと口角を上げたカレンの顔を見るに、絶対マルカが想像するような甘い展開ではないだろう。もうこれ、嫌な予感しかしないのだけど。

「では行こうか」

改めて、ニコッと朗らかに笑うカレン。

仕方ない。僕はカレンについていくことにした。

僕はカレンに先導され、二人きりで人気《ひとけ》のない校舎裏へと向かった。適度に木が茂っており外からの視線を遮りつつ、校舎側には窓がついていないためこちらも人の目を気にする必要が無い。密談には持ってこいの場所である。

お年頃の男女が二人きり、というのはあまり外聞が宜《よろ》しくないのであるが……

「それでカレンさん？　えっと、何の用で」

「ふ、ふ、ふ……実は、特級魔導士の貴様にお願いがあるんだ」

「お願い？」

そして、カレンは頭を下げ——

「私を弟子にしろ！——不正をバラされたくなかったらな！」

いや、うん。初めてだよ。頭を下げられつつ脅されたのは。

第二章　現る、二人目の弟子！（※脅してきます）

「私を弟子にしろ！――不正をバラされたくなかったらな！」

腰を九十度曲げての綺麗《きれい》なお辞儀をする赤髪の少女、カレン・キサラギ。だが言っている内容のうち、後半部分は脅しである。

「弟子、はともかく、不正？　なんのことやらさっぱりなんだけど」

僕は平静を装いつつも、少し声が上ずってしまった気がする。万一裏口入学であるとバレたら大問題からの退学、そして死が待っている。……くっ、動揺してはいけないと思えば思う程、逆に動揺してしまいそうだ。

「ほーぅ、しらばっくれるか。タクト・オクトヴァル」

腰を曲げたままひょいと頭だけあげてこちらを見るカレン。その眼《め》は先程よりも鮮やかな紅色になり、魔力を帯びて仄《ほの》かに光っていた。

「……………改めて魔眼で視《み》て確信した。やはり、不正に間違いない」

「魔眼だと？……あっ、『魔力視』のキサラギ！」

魔眼。それは視覚を介した特殊能力である。例えば、有名なものでは数秒先を予見する『未来視』、遠くを見通す『千里眼』、障害物の向こうを見る『透視』、見たものを石化させる『石化眼』――そして、人の中にある魔力を視《み》ることのできる『魔力視』。キサラギ一族は、その血族に受け継がれる『魔力視』の魔眼で有名だった。そして、この魔眼を活用したある職業を生業《なりわい》としていた。

「うむ。ご存じの通り、私のこの眼《め》は魔力を視ることができる」

「……キサラギの皆さんには、なんというかその」

「そうだ。おかげさまで没落したキサラギ一族だ」

その職業とは……魔力測定士。目には見えない、体内にある魔力を視て、その人のもつ魔力の大小を教えるという仕事である。つまり七年前、僕の開発したステータス魔法によりその需要が一気に崩壊した仕事である。その線で言えば、僕にも確かに責任があると言ってもいいかもしれないけれど。

「いや、でもあれは僕だけのせいじゃないというか」

「……それは、まぁ、身内の恥もあるな……」

カレンが言葉を濁したのも無理はない。ステータス魔法の出現によりキサラギ一族が没落しはじめていたのは事実だが、決定的になったのは賄賂で測定結果を誤魔化《ごまか》していたのが発覚したためである。賄賂を受けての誤魔化しは日常的に行われており、しかもよりにもよって『王族の婚約者候補』達《たち》の測定結果をかなり大きく誤魔化していたのが致命的だった。

「流石《さすが》に平民クラスの魔力を『魔導士に匹敵する』はやりすぎだと思うよ」

「くっ、言い逃れできん……叔父は一族の恥だ」

あの事件により魔力測定士は社会的信用を一気に失い、逆にステータス魔法が信用を得て確固たる地位を築き上げた。ついでにキサラギ家は元々男爵位だったのだが没収され平民になったのである。今は王家直轄地の代官扱いだ。

「しかしだ」

そして、カレンは僕にそっと耳打ちしてくる。

「……もし対象とした魔導士が貴様であれば？　あながち嘘《うそ》ではないと思わないか。貴様の魔力は私の半分の半分の半分もない。むしろ平民よりも少ないのではないか？」

痛い所をついてきた。実際に裏口入学——祖父曰《いわ》く特別入学で合法という設定ではあるが——をしている自覚のある以上は苦笑いしかできない。

ステータスでは自分しか見られないが、勝手に人の魔力が見られるなんてずるいとしか言いようがないなぁ……ともあれ、僕の魔力についてはバレてしまったようである。

「はぁ……とりあえず、事情を聞かせてもらえる？」

「いいだろう。そして聞いたら私を弟子にしろ。……話せば長くなるのだが」

カレンは姿勢を正して、事情を話し始める。

「……成績が思いのほか奮わなくて、奨学金を打ち切られそうなのだ」

「…………」

しばし沈黙。風が吹いて、木の葉が一枚ひらりと僕達《たち》の間を横切っていく。

「……簡潔に言えば、以上だ」

「あ、うん」

話せば長くなるとはなんだったのか。

「カレンさん、もしかして頭悪い？」

「人が気にしていることをそうズケズケと言うんじゃない!! 頭の出来が悪いのはそんなに駄目なのか!?」

「奨学生としては致命的だと思うよ」

順当に奨学金を打ち切られそうだと、ただそれだけの話のようである。僕はため息を吐《つ》いた。

「う、うぐぐ。だ、だが、学科はさほど問題ではない。まだギリギリついていける。問題は実技なのだ。私は見ての通り魔眼、つまり特殊系統の魔力の持ち主。そのせいだと思うのだが、魔眼以外の魔法がまったく使えない！　なのに奨学生を続けるには、基礎的な放出系の魔法が使えることが必須だった！」

放出系。ファイアボールのような遠距離攻撃等の、体から離れた場所に影響する魔法のことだ。その距離が遠いほどに魔力操作が必要となり、ある程度腕前の基準となるものである。一方で魔眼は射程ゼロ、分類では身体操作系に属する魔法だ。

「……むしろよくそれで奨学生になれたね？」

「試験担当の先生曰《いわ》く、魔眼を研究したいので奨学生にならないか、是非とも研究室《ラボ》に欲しい人材だとのことでな。手続きも全部やってくれるというのでご厚意に甘えさせてもらったのだ」

「へぇ、ならその先生に頼ったらいいんじゃないの？」

「もう行った。行ったのだが……何とかする代わりに片目を差し出せとスプーン片手に言われたのだ！」

「うわぁ」

人材とは、人間の実験素材という意味だったようである。

「だがこの話を断っても、奨学金を打ち切られたら私の末路はそれはもう悲惨なことになる見込みだ。具体的に言えば、まず奨学金の返済を求められるだろうが、既に家の借金を返すのに使い込んでしまったので返せない。なので私自身が身売り、つまり奴隷落ちすることになる……そして金持ちの商人に見染められ買われた私は、愛人として養われつつ、子供を五、六人産んでそこそこ贅沢《ぜいたく》に遊んで暮らせるようになるのさ……」

「後半が随分都合よくないか？」

「私の魔力量と見た目を考えろ。ほら、ぴっちぴちの女学生だぞ？　体つきもそれなりに自信はあるし、子に継がれる魔眼もある。ならば良いところに買われるのは妥当だろ？」

「ならいいじゃん」

いやまてよ？　と僕はあることに気が付いた。

「それ、先生にハメられてないか？」

「え？」

「だって奴隷落ちした後、その先生もカレンさんのこと買えるだろ。むしろ買う。そしたら実験材料にし放題じゃないか、それこそ両目を抉《えぐ》ってもいい」

「なん、だと……言われてみれば確かに!?」

その先生にはどう転んでも損はない。奨学生としてまともに進級できるようなら研究室で学生として手伝ってもらえばいいし、奨学金が返せず奴隷落ちしてもキサラギの魔眼を手に入れられる寸法だ。

「お、おのれぇ！　聖職である教師ともあろう人間がなんという卑怯《ひきょう》な真似《まね》を！」

「教師といっても、魔導学園の先生は研究者としての意味合いが強いからね……なんて先生だって？」

「一年二組の担任、サカッチ教授だ！　サカッチ・オータムエンド教授！」

「あー。魔導四家の北、オータムエンドかぁ」

あの家は何考えてるか分からないからそういう人もいておかしくない。

僕の実家、オクトヴァル伯爵家と同じくリカーロゼ王国を守護する魔導四家、北のオータムエンド伯爵家。地味に東の僕ん家とは仲が悪い。あいつらは研究者気質が過ぎるのだ、とは戦闘狂気質のあるおじい様の言葉である。……まぁ、僕個人としては別に嫌いじゃないんだけど。


「というわけでな、その、前々から目をつけていた貴様に声をかけたのだ」

以前、ネシャトに会いに二組へ行った僕をこっそり魔力視をして、その魔力の少なさに気づいたらしい。特級魔導士とはどれ程のものかと興味本位だっただけに、逆方向への予想外な結果に驚いたそうな。

「そして思ったのだ。これは……使える！　と！」

「つまり、僕の弱みを握って強請《ゆす》ろうと」

「人聞きは悪いが、言ってしまえばそういうことだな」

開き直り腕を組んで得意げなカレン。

「それで、なんでそれが僕の弟子になることと繋《つな》がるのさ」

「よくぞ聞いてくれた！」

カレンは自信満々に胸を張り、びしっと指を突き付けてきた。

「貴様は不正をしてこの学校に入学した——その不正を、私にも使わせてほしい」

「うわっ、最低な事言いだした」

「うるさい！　その少ない魔力量でこの学園に入ったのだ、何か、魔法を使う手があるのだろう？　弟子なら、師匠が行っている『何かしらの道具』等を使っても何ら不思議はないしな！」

言われて、不意に手首の隠し杖《つえ》のことを考えてしまう。……確かに、この魔法杖を使えば素手と見せかけて杖を使った魔法を放てるわけで。まだ実際に実技の試験で使ったわけではないけれど。

……簡単な魔法に特化した杖を作ってやれば発動できるかもしれない。だが、特化杖は宮廷魔導士筆頭であるおじい様に機密扱いされている。簡単に作ってやるわけには行かない。それこそ、弟子になってしっかり信用できると分かれば、あるいは？　なので、ある意味カレンの弟子にしてくれ宣言は正解なのかもしれない。

「……そもそもの話として貴様がステータス魔法なんて開発しなければキサラギ家が没落

することもなく、私は奨学金に頼る必要もなく学校に通えただろう。な？　これはつまり貴様が自分の行いに責任をとるという、ただそれだけの話じゃないか。違うか？」

ずい、ずいずいっと僕に迫って距離を詰めてくるカレン。その圧に思わず後ずさり、校舎の壁に追い込まれる。

「キサラギ家が没落したのは僕だけの責任じゃないじゃん……」

「しかし、貴様のせいでもある。だから金を出せとかじゃなく弟子にしてくれと言ってるんだ。謙虚だろ？」

「いやぁ……でも僕、別に？　不正なんてしてないし？」

「声が裏返ってるぞ？」

ニヤリと笑ってこちらの隙を突いてくるカレン。

「さぁさぁ、その魔力でどうやってこの学校に入学したんだ？　教えてくれ。な？」

気が付けば、壁が背中に当たっていた。おのれ、もうこれ以上下がれないじゃないか。ならば横に──と身体《からだ》をずらそうとしたところにカレンが手を突いて動きを封じる。

か、壁ドン!?　これはもしや噂《うわさ》に聞いたことのある壁ドンでは!?

「頼む、この通りだ。それとも私がサカッチ教授の実験動物になってもいいとでも？」

壁に押し付けられる形に追いつめられる。果たしてこれが人にものを頼む態度だろうか？　疑問に思うのは僕だけではないだろう。ってか顔が近い！

「さぁ、観念して私の事——責任とって一生養うがいい！」

「なんか話違くなってない⁉」

「ふふふ、よく考えたらそっち方面でも問題ないと思ってな！　特級魔導士ならお金には困らなそうだ。自分で言うのもなんだが私は結構可愛《かわい》いお嫁さんになると思うぞ？　炊事洗濯掃除もできる。さぁタクト・オクトヴァル、いや旦那様！　誓いのキッスを！　その既成事実で責任を取って婚姻を！」

さらに顔を近づけて迫ってくる。長いまつげがバッチリ見え、もはや鼻息が顔に掛かる距離。ぐっ……！

「分かった、弟子にする、弟子にするから離れて！」

「ついでに私を貴様の嫁にしろ！　タクト・オクトヴァル！」

「話が違ぁう⁉」

十センチ、五センチ、じわりじわりとカレンの顔が近づいてくる。その顔は赤く茹《ゆ》で上がったかのようで、どうみても暴走していた。

「待つっすよ‼」

唇の距離があと三センチまでに迫ったその時、待ったの声がかかる。見れば、マルカが立っていた。制服と髪の毛に葉っぱがついている。茂みに隠れて見てたのかお前。

「マルカ！」

「な、なんだいきなりっ！……って、旦那様と一緒にいた娘じゃないか」

「そう！　自分こそ、タクト・オクトヴァル特急魔導士の一番弟子、ハートフルメイドのマナマルカ！　マルカちゃんと呼んでくださいっす！」

びしっと指を突き付けポーズをとるマルカ。名乗りは大事だ。だがハーフエルフメイドじゃなくてハートフルメイドなのはなぜなのか、それは誰にも分からない。多分マルカも分かっていない。そんなことどうでもいいから早く助けて！

「というかさっきから聞いてれば、なんすかアンタ、師匠に無礼じゃないっすか!?　貴様とか、呼び捨てとか、旦那様とか！　魔導学園に魔導平等のお題目があって師匠が寛容だからといっても限度があると思うっす！　いくらなんでもぷんすかぷんっすよ！」

「おいマルカ、さっきから聞いてたって、もしかしてずっと見てたのか!?　そこの茂みから！　だったらもっと早く助けてくれよ！」

「いやー、師匠ってば奥手だからこのぐらいグイグイくるお嫁さんの方がいいかと思ったんすけど……でも、こんなお金目当ての女をお嫁さんにしたらお尻に敷かれて骨までしゃぶり尽くされるっすよ！　師匠がそれでもいいっていうなら自分は止めたのを謝るっすけど」

なぜそんな話になるのか。僕はぶんぶんと首を振った。

「ない！　嫁にする気なんてないから!!　本当は弟子にもしたくないんだけど……」

「おっ、ということは止めて正解っすね！　あ、弟子はいいっすけど、自分が一番弟子っすからね？」

マルカはにこりと笑った。一方でカレンはやれやれと僕を解放し、マルカに向き合う。

「ママママルカだかハナマルカだかしらないけど……邪魔をするなら容赦はしないぞ？　こう見えて私は、そこそこ強いんだ」

ぱきぽきと指を鳴らしてから拳を構えるカレン。本来の得物や流派は分からないが、どうやら武道の心得があるようだ。

「お？　なんすか？　やるっすか？　自分、手加減は苦手っすけど。しゅっしゅっ」

口で風切り音を言いつつなんちゃってシャドーパンチで威嚇するマルカ。その拳はまったく武道の心得を感じさせない素人のそれであり、カレンは鼻で笑った。

「ふっ、勝ったな。素人め」

「あっ！　それは油断っすよ！　やーいやーい、そもそも自分らは魔法使いっすよ？　素直に拳で戦うわけないっす、ばーかばーか」

「ふん、そんな軽口で誤魔化《ごまか》そうとしても私の目は欺けない。そこまで言うなら魔法の実力すらも見極めてやろう……」

構えていた右手を顔の左半分にあてるカレン。別に魔眼を使うのに片目を隠す必要とかはないはずだが、あえて右手で左側を隠すのがこだわりポイントなのだろう。

「やるっすか！　やるんすか、かかってくるがいいっす！　返り討ちっすよ！」

「――魔眼発動！」

そう言ってカレンは眼《め》に魔力を集め、マルカを視《み》た。視てしまった。カレンはびくっと震えてから、まず右を見た。そして左を見た。最後に上を見上げ……まるで塔の最上階《てっぺん》を間近で確認するかのように天を仰ぎ見て……魔力視でどのように視えるかは知らないが、マルカの圧倒的魔力を前に顔色がサァーっと青くなった。

「す、すまない、私が悪かったぁあ!!　調子に乗っていたぁあああ!!　いや、いましたぁあああぁ!!」

しゅばっ！　っとキレのある動きでカレンはマルカに土下座して命乞いした。スカートや足が汚れるのも厭《いと》わず土むき出しの地面に両ひざそしてデコを押し付ける。武術の心得のおかげか、背筋もピーンと伸びたとても綺麗《きれい》な土下座だった。

「お？　やらないんすか？　いつでも相手になってやるっすよ？　しゅっしゅっしゅっ」

「なにとぞ、なにとぞ命ばかりはご容赦をぉお!!」

「んお？　命以外はいらないんすか？　しゅっしゅっ」

「いやできれば命以外も見逃してほしいが！　健康とか財産とか……あ、叔父の魂とかどうだ、アレはいらないんで！　私が助かるためなら喜んで捧《ささ》げよう！」

勝手に魂を捧げられる叔父さん可哀《かわい》そう。しかし、カレンにはマルカが魔神か何かに見えているのだろうか？　見えてるのかもしれない……

「知らないおっさんの魂なんてもらってもしかたねぇっすよ……ふー、ならまず師匠に謝るっす。師匠は不正なんてしてないっすからね！」

あ、そこから聞いてたのかと僕はそっと顔をそむけた。

「し、しかし、マナマルカ様！　こちらの者はマナマルカ様の師匠として相応《ふさわ》しくないとお見受けするが！」

「おぉん!?　師匠のこと馬鹿にするのもいい加減にするっす！　何を根拠に言ってるんすか、このあんぽんたん！」

「ひぃぃ！　あんぽんたんでスミマセン！　だ、だが！　その、ま、魔力量が……城と犬小屋……いや、大地と砂粒……！　と、とにかく偉大なるマナマルカ様と比べ、圧倒的に少なすぎるのだが!?」

おおっと、と僕は苦虫を噛《か》みつぶしたような顔になる。まさか僕の弱みを積極的にバラしていくとは恐れ入った。それほどまでにマルカが怖かったことは、名前に『偉大なる』とか付けてるところからも見て取れるけどさ……折角《せっかく》マルカが僕の魔力が少ないことをスルーしてくれていたってのに！

　僕は言い訳をすべくマルカに声をかける。

「……あー、その、な、マルカ？」

「ハッ！　馬鹿っすねぇ、アンタごときが師匠の魔力を見抜けるわけないんすよ。なにせ師匠には伯爵家に伝わる神代魔法、【誓約《ギアス》】が掛かっているっす！　これにより師匠は本来の魔力を封印しているんすよ！……あ、すんません師匠、何か言いかけてたっすか？」

「あ、いや、なんでもないよ」

　初耳だよそんな魔法。カレンも初めて聞いたであろうその魔法名に首をかしげている。

「ぎ、【誓約】？　そんな魔法、聞いたことないぞ」

「いやぁー、おバカさんは勉強不足っすねぇ。とはいえ、これは自分も大旦那様からコッソリ教えてもらった秘密。機密情報っすから知らなくても無理はないんすけどね！」

はーっはっはっは、と高笑いするマルカ。

　機密情報ならバラすんじゃないよ、と思ったが、同時に気づいた。

　そう、これはおじい様の仕込んだ真っ赤な嘘《うそ》であると！

本当に【誓約《ギアス》】なんて大層なもんが掛かっているならそれを解除して大手を振ってオラリオ魔導学園に入学すればよかっただけの話なのだ。そしてそもそも現役筆頭宮廷魔導士にしてオクトヴァル家前当主、現当主代理のおじい様が、こんな口の軽いうっかりメイドのマルカに本当の機密事項を教えるわけがない。ましてや当事者であり次期当主の僕をすっ飛ばしてメイドだけに教えるとかありえない。

つまりこれは、万一僕の最大MPがクソザコナメクジと判明した時に備えて、あらかじめマルカにそれらしい理由を教えておいたに違いない。ナイスアシスト。さすが現役筆頭宮廷魔導士、見事な策略。ありがとうおじい様、長期休みに帰省するときはお土産においしいお饅頭《まんじゅう》を買っていきます！　忘れてなければ！

せっかくのおじい様の策略だ、全力で乗るしかない。この都合の良い嘘《うそ》に！

僕は顔に手を当ててやれやれと肩をすくめた。

「【誓約】を知っていたかマルカ。……だけど、機密事項なんだからそう軽々と口にしてはいけないとおじい様からは言われなかった？　あーあ。僕もせっかく脅しに屈したフリをしてまで隠そうとしてたってのに台無しだなー」

「なななんと！　だからコイツを弟子にしようと言う話になってたんっすか!?　しまったっす！　自分、うっかりしてたっす……！　こ、こうなったらコイツを消して口封じするしか――」

「ひぃぃ!?」

殺意をみなぎらせたマルカに怯《おび》え、座ったまま後ずさるカレン。

「まてまてまて。さすがに人殺しは不味《まず》い、たぶんおじい様もそこまでの機密だとは思ってないと思うし。それに弟子なら身内、身内だからセーフ。ね？」

「師匠の弟子ですからセーフ……そっすか？」

「そうとも。マルカだってセーフな程度の機密なんだしそんなもんだよ」

「おお、確かにそうっすね！」

よかった、丸め込めそうだ。さすがにマルカに人殺しはさせたくないよ僕は。相手が盗賊や暗殺者で命を狙ってくるとかなら別だけど。

「カレンさんも無闇にバラしたりしないだろ？……だよね？」

「もちろんだともマナマルカ様！」

目くばせすると、カレンは意を察してぶんぶんと首を縦に振った。よろしい。君の命は今つながった。

「……でもなぁ、師匠への無礼をまだ謝ってないんすよねぇ、この無礼者」

「タクトお師匠様すまなかったぁあああ――!!!　どうかこの通りぃぃいい!!」

カレンは、即座に地面にごりごりと額をこすりつけて謝罪した。プライドもへったくれもない。そこにはただマルカへの恐怖があった。本当に、どんなふうに視《み》えたのやら。

「師匠、それでこの無礼者はどうするんすか？　生かすも殺すも師匠次第っす！」

「え、うーん。……どうしよっかな」

「生かしてくれ！　そしてあわよくば面倒を見てくれ！」

ぶっちゃけ、僕にはカレンをどうこうする義理はない。かといって今更やっぱり弟子ではないと言ったら面倒なことになるだけだし、僕の最大MPを視られるカレンを放置するというのも落ち着かない。よくよく考えたらカレンは僕の秘密をあっさりバラして命乞いするような人物であるわけだし、いつまた秘密を漏らそうとするか分かったもんじゃない。

そうだ、いいことを思いついた！　カレンはこのままいけば奨学金打ち切りからの奴隷コース。その時に師匠だからと優先して引き取らせてもらうのだ！

奴隷本人の希望もあればサカッチ教授と競《せ》ることになっても多少は有利だろうし、奴隷なら契約魔法で縛られて主人の秘密を話すこともできない。口止めには最適だ。

魔力を視ることができる眼《め》とか、上手《うま》く使えば魔法杖《つえ》作りの良いアシスタントになるのではないか。奴隷なら本人の希望を無視して従業員として働かせることもできる。もちろん本人が望んで働いてくれたらそれが一番なんだけど……目玉をくりぬかれそうなところを助けたとなれば、きっと恩も売れるから前向きに手伝ってくれるに違いない。よし、面倒を見るふりをして奴隷落ちさせよう！

こんなマッチポンプな企《たくら》みをこの一瞬で思いつくなんて、僕も中々の悪だな。まぁよく考えればやろうとしていることはサカッチ教授と同じで、ただの成果横取りといってもいいんだけど。

「一度はカレンさんを弟子にするって言っちゃったし、少しは面倒を見てあげるよ。勉強を見たりする程度だけど、一応弟子だし。一応。うん、一応ね」

「ほ、本当か、タクト師匠！」

あくまで一応を強調してみたが、ぱぁああっと涙目だった目を輝かせるカレン。うっ、良心が痛む。

「とはいえ、僕は不正はやってないから、それをカレンさんに教えたりもできない。奴隷落ちを回避できるかは君の努力と才覚次第だけど……」

「が、がんばるぞ……！　見捨てないでくれ！」

よし、と僕はにやりと笑った。これで弟子にしたのに上手くいかなくて奴隷落ちしてもそれはカレンの努力と才覚が足りなかったことになる。僕は悪くない。責任逃れは完璧だ。

「じゃあよろしくっすよ、妹弟子！　自分のことはマルカと呼ぶっす！　師匠のことはおるべきっす！　妹弟子もそう思うっすよね？」

「だめっすよ師匠！　そんな甘やかした呼び方じゃつけあがるっす、ここは呼び捨てにす

「うん、よろしくカレンさん」

「分かった、マルカ様！　お師匠様！　よろしく頼む！」

師匠様と呼ぶっすよ妹弟子」

「はい！　つけあがってしまわぬよう名前を呼び捨ててくれお師匠様!!」

なるほど、それは心の中でも呼び捨てていたし丁度いい。

「じゃ、カレンで。あ、連絡先も交換しておこうか」

「はッ！　いつでも好きな時にお呼び出しくださいお師匠様ァッ！」

カレンは思いっきり頭を下げた。明らかにマルカを意識してちらっちらっと様子を窺《うかが》っている。マルカがうんうんと頷《うなず》いたので、カレンはぱぁっと笑顔になった。うん、僕じゃなくてマルカの弟子になるべきだったかもしれない。今更だけど。

「あ、それと。本気を出した師匠は自分より強いっす。せいぜい気を付ける事っすね」

「なんと……!?」

そんな事実あったっけかなと思いつつ、僕は否定も肯定もせず曖昧に笑っておいた。

＊　＊　＊

カレンが弟子になった次の日。

「アレの話は聞かせてもらいましたゾ、オクトヴァル特級魔導士」

図書室へ向かう途中、人気《ひとけ》のない廊下にて、どこか無機物めいた独特のイントネーションの声にタクトが振り向けば、そこには白衣を着た恰幅《かっぷく》の良い男性教師が立っていた。

サカッチ・オータムエンド。魔道四家のひとつ、オータムエンド伯爵家の出で、一年二組担任教師だ。イチョウの葉を思わせる黄色い髪を七三分けで左右に流した髪型に、長方形レンズの眼鏡《めがね》をかけている。隈《くま》のあるたれ目で口元が不機嫌そうな彼は、先生というよりも研究者といった空気をまとっている。

「サカッチ教授。何のことでしょうか？」

「んッンー、分かっておるクセに。魔眼持ち、と言った方が通じるのですかナ？」

どこの方言か分からないがアクセントがところどころ妙に波打っている。サカッチ教授は外国人というわけでもないのにどうしてこんなに無機物めいたクセの強いしゃべり方をしているのだろう。

「アレは吾輩《わがはい》が目をつけていた人材ですゾ？　それを横取りしようとは、マナーがなっていないのではありせぬカ？　これだから粗雑なオクトヴァルはッ！……おっと、失礼。この学園において家柄で人を評価するのはよくありませんナ」

クイッと眼鏡《めがね》を持ち上げるサカッチ教授。

「しかし、昨日アレが言ってきたのですゾ、オクトヴァル特級魔導士に頼るからもう吾輩《わがはい》の世話にはならんト！　アレはそれだけ言ってすぐ帰りましたゾ」

特に誰にも言った覚えがないのにどこから情報が伝わったのかと思ったけど、カレン本人だったか。この調子だと他でも言いふらしてそうだ。隠す必要もないし僕が師匠だと周知されていた方が奴隷落ちしたカレンを引き取るときに有利だからいいんだけど。

「なんのなんの。僕は彼女に頼られたから応えたまでですとも」

「箱に穴が開いてた方が悪い、というコトですカ。まったく油断も隙もないですゾ」

はー、っと大きなため息をつくサカッチ教授。

「けれど、よろしいですかナ？　こちらには契約書があるのですゾ」

「ほう、契約書」

「吾輩の、サカッチ研究室《ラボ》に所属する契約ですゾ。この通り、アレのサインもバッチリ入っておりますゾ。これがある限り、アレは吾輩の研究室所属ですゾ！」

そう言って、懐から取り出した契約書を広げて見せてくるサカッチ教授。確かにその契約書は彼の言う通りの内容で、カレン・キサラギの名前が署名されていた。……字が汚い。

性格が表れているのか雑でとても汚い。最初の修業と言って名前の書き取りでもやらせようかと思うくらいだ。

　それはさておき契約書の内容を見ても特に怪しいところはない。むしろ例外や特記事項もなくただ簡単な内容でサカッチ研究室に所属すると書かれているくらいだ。……だがこういう単純な内容こそ拘束力が強い。それはもう、この学校に居る以上、カレンはいかなる手段を用いてもサカッチ研究室に所属する生徒ということになる程度には。

「……ですがまぁ、研究室《ラボ》に在籍すればいいだけでしょう？」

「だから、ちゃぁんと顔を出すようには言っておいて欲しいですゾ」

「でも目玉はあげられないと思いますが」

「ソレは仕方ないですゾ。本人の同意無しに人体実験はできぬものですゾ」

　やれやれ、と肩をすくめるサカッチ教授。当然だ、それは法律でも禁止されている。だがもちろん、これにはいくつか例外がある。そのうちの一つが、奴隷だ。

「だから奴隷落ちさせて同意を不要にしようと？」

「奴隷落ち？　ナンのことですかナ？」

　サカッチ教授は「はて？」と首をかしげる。演技がかった所作で、どうにもわざとらしく感じてしまうのは気のせいだろうか。

「……奨学金を返せないと奴隷になるしかないと言ってましたが」

「ナンと。ソレは由々《ゆゆ》しき事態ですゾ。やはり吾輩《わがはい》の力が必要ではないですかナ？　どうにかしてあげますゾ」

そう言ってニコッと口だけで笑うサカッチ教授。

「実のトコロ、吾輩もアレが放出系魔法がまったく使えぬポンコツだとは思ってなかったのですゾ。しかし、アレの魔眼には十分な価値がありますゾ……だからスカウトしたのですゾ。若くて健康ですしナ」

フフフ、と笑うその頭の中ではおそらく魔眼を使った実験が繰り広げられているに違いない。

「アレは研究室に欲しい人材ゆえ、吾輩も多少の出費は覚悟しておかねばいけませんナ。奨学金を立て替える程度で十分ですかナ？　念のため倍額ホド用意しておけば安心ですかナ。吾輩、学生証システムの開発者なのデ、そこそこ金があるのですゾ」

さすがは魔道四家のオータムエンドの一員にしてオラリオ魔導学園の教師、奨学金を多少の出費と片づけられる程度には金を持っているらしい。というか学生証システム作ったのってサカッチ教授だったのか。

「アレには、吾輩は協力を惜しまないのデ研究室に来るように、と伝えておいてほしいですゾ。最近はメッセージも無視されて授業でも避けられてしまい話しかけられぬのデ。

……ところで吾輩、アレに何か悪いコトでもしましたかナ？」

「思い当たる節はないので？」

「無いですゾ」

自信満々に言い切るか。それを白々しく感じるのは、僕がカレンから事情を聞いているからだろうか？

「……伝言だけなら伝えておきましょう」

「ははは、頼みましたゾ。試験は来週ですゾ、あー楽しみですゾー！」

サカッチ教授は、そう言って元来た方へと去っていった。

「カレンを買い取るの、貯金で足りるかなぁ……」

一応、ステータス魔法の権利によって僕にはそれなりの収入がある。しかし、サカッチ教授にも学生証システムの収入がある。教員としての給料、支給される研究費も上乗せされると考えると……杖《つえ》の素材にいくらか使っている僕では競《せ》り負けてしまうかもしれない。

やはり師匠として適度に面倒を見て、買われるなら僕がいいとカレンから指名される必要があるだろう。……しっかり面倒を見るフリをしなければな！　僕の秘密を守るためにも！

＊　＊　＊

まずは信頼を勝ち取るところからだ。

そんなわけで、さしあたって自宅にカレンを呼んでみた。ここには運動場があり、魔法の訓練をするには最適なのだ。弟子として面倒を見るには最適な場所だろう。もっとも、僕はあくまで面倒を見たという実績と信頼が欲しいだけなんだけど。

「……もしカレンが奴隷落ちしたら、せめて僕が買い取ろう」

「そこは奴隷落ちする前に助けてくれお師匠様!?」

「それはカレン次第だって言ってるじゃないか。大丈夫、僕なら目玉をくりぬいたりしないからさ」

そんな伏線を含んだウィットに富んだジョークを交わしつつ、カレンの実力を見せてもらう準備をする。奨学生の試験では放出系の魔法が使えないと合格できない。そこで魔法を撃つための的、カカシ君をマルカに引っ張り出させていた。

「あの、お師匠様。私は放出系の魔法が使えないので困っているのだが?」

「だからこそだよ。まずは実際どんな実力なのかってのを見せてもらいたいんだ。……ほら、放出系の魔法が使えない原因が分からないと対策のしようがないだろ？　分析は問題解決の基本だからね」

「なるほど、お師匠様のいう事には一理ある。急がば回れ、千里の道も一歩から、ということだな？」

「うんうんその通りだ」

　風邪を引いた人に絆創膏《ばんそうこう》を渡したところで何の意味もない。原因をしっかり把握しなければ、適切な対処はできないのだ。この分析を疎《おろそ》かにする人は意外と多いが、問題解決のための常識である。

　しかし今回、僕の目的はそれではなかった。

「ま、すぐに原因が分かるようなら授業でなんとかできたと思うからあんまり期待はしないでね。それでもこれは必要なことなんだ」

……この訓練の真の目的は、原因を突き止めるフリをして、時間稼ぎをすること！　奨学生の試験まではあまり時間が無い。そこでカレンに無駄な時間を過ごさせ奴隷落ちへと歩を進めさせると同時に、頑張って問題に対応しようとしていましたという体裁《ポーズ》をとり師匠としての信頼を積み上げる一石二鳥の策である！　フッ、自分の策略が恐ろしい……！

「現状の確認ってのは絶対に必要なことだ。だから、無駄だと思うかもしれないけどやってほしい。いいね？」

「ああ、分かった。従おう」

そんなわけで、一応は見てみようという形ではあるが真面目《まじめ》に見るつもりはなかった。

「師匠ー、妹弟子ー。準備出来たっすよー！」

「お疲れ様ですマルカ様!!」

支度を終えたマルカに、しゅばっと頭を下げるカレン。

「おっ、くるしゅうないっすよ妹弟子。じゃ、早速やってみせるっすよ」

「いや、その前に……お師匠様。手本を見せてもらえないか？」

カレンは僕にそう言った。

「……手本？　僕が？」

「ああ。弟子が何かするというのであれば、師匠が手本を見せるものだろう？　なぁマルカ様。マルカ様もお師匠様のカッコいい魔法見たくはないか？」

「……正直言えば見たいっす！」

目をキラキラさせてマルカが言った。

「……ねぇマルカ。僕は【誓約《ギアス》】で魔力を制限してるって言ってなかった？」

「ちょっとだけ！　ちょっとだけでいいっすから！　師匠の本気、この新入りに見せてやってくださいっす！」

「頼む！　一回だけ、一回だけでいいんだ！　お手本を！」

くそう、マルカが乗り気だ。こうなっては仕方がない——ここで一発、師匠らしい威厳を見せておく方がカレンの信用も勝ち取れるというものだろう。

「分かった、一回だけだぞ」

僕は、ため息をついて、やれやれと肩をすくめてみせた。あくまで仕方なく、絶対に一回だけというポーズだ。もう一度やって、と言われても断る。

「やったっす！　カレン、褒めてつかわすっ！」

「うむ、ありがとうマルカ様！」

そこは師匠である僕に礼を言うべきところでは？　と思ったが、やめておいた。

僕は二本の短杖《ワンド》を左右の手に構える。改良に改良を重ねた、それぞれ僕の得意魔法に特化した黒杖《つえ》と白杖だ。

「危ないからそこを動くなよ」

「了解っす！」

元気よく返事するマルカ。カレンはといえば、僕に向かって疑い交じりの視線を向けているようだ。やはり魔力視の持ち主としては僕の魔力の少なさで何ができるんだと疑うのは仕方ないのだろう。

だからこそ、僕は一度見せつけなければいけない。師匠として、その実力を。

#Side カレン

タクトが黒い杖《つえ》を振るう。ほわん、とマルカ様と私を包むように、緑色がかった透明なドームが現れた。これは結界か。……わざわざ結界が必要なほどの魔法を、本当にタクトが使えるのか？ 私の魔眼で視《み》た魔力量が正しければ到底ありえない。結界を張るだけで精一杯のはずだった。

「——出《い》でよ火の玉！」

その言葉と共に右手の黒い短杖《ワンド》を振り上げるタクト。教科書にあるような火球の魔法陣が浮かび上がった。ただし、その直径は三メートルほどと巨大な物。

「敵を焼け！ ファイアボール！」

短杖《ワンド》をカカシに向け振り下ろすと同時に、魔法陣から火球が生み出される。なんだあの巨大な火球は⁉ 魔法陣相応の大きさの火球は、そのままカカシに襲い掛かった。

ドゥン！ 巨大すぎる火の玉がカカシを包み込む。風が巻きあがり、火柱を上げた。何という威力。ドーム型結界の向こうで、タクトの服や周囲が強風に吹かれバタバタと震え

ているのが見える。しかし、ドームに包まれたマルカ様と私にはこれっぽっちの熱さも、そよ風も感じない。完全に守られていた。

「ふぅ、こんなところかな。久々に魔法を使った気がするよ」

火柱が消えると、そこには焼け焦げたカカシの根っこだけが残されていた。地面も抉《えぐ》れてへこんでいる。……土がガラス質になっている場所さえあった。……これは確かに結界による守りが必要だった。タクトは、いや、お師匠様はこれほどまでの魔法が使えたのか。

「……すさまじいな……これが『天才魔導士』の実力か……」

「すごいっす！　さすが師匠っす！」

大喜びで拍手するマルカ様。

「参考になった？」

にこっと人当たりの良い笑みを向けてくるお師匠様。私は正直に答える。

「……あ、あまり。凄《すご》すぎて参考にならない」

「あー、うん、そっか」

簡単な、初歩の魔法ともいえるファイアボール。それをこれだけの威力にするためには果たしてどれ程の魔力と制御力が必要なのであろう。……少なくとも、私の魔力視で視《み》ていた魔力量では到底無理。不可能なはずだ。

しかし、目の前の現実はどうだ。お師匠様はすさまじく強力な魔法を使ってみせた。しかも同時に私達《たち》を守るドーム状の結界まで発動して。これはつまり、私が間違っていた、ということに他ならない。まさか本当に、お師匠様は魔力量を偽っていたとは。てっきりマルカ様を口先で騙《だま》していいように扱っているのかとばかり……

今の今まで疑っていたが【誓約《ギアス》】は真実であったと確信した。特級魔導士の称号は伊達《だて》ではなかった。そんな相手に、私は自分が何をしたかを思い出し、今更ながら震えた。

しかし、私が本当に衝撃を受けたのは、この直後。

「あっ！　カカシをもっかい用意しないとっすね」

「いや、片付けは僕がやっておこう。僕がやったことだしね」

後片付けを名乗り出たマルカ様を静止し、黒い杖《つえ》を振るお師匠様。すると詠唱もなしに複数の魔法陣が展開される。先程の詠唱付きのファイアボールは、まさに私に見せるための『お手本』だったのだろう。……まったく参考にならなかったけれど。

風、火、土――三色の魔法陣。これは一体何の魔法だ、と見ていると、倉庫から新たなカカシが飛んできた。同時に最初にカカシが刺さっていた場所に残っていた杭《くい》は火に包まれ完全に消え失《う》せ、新たなカカシがそこに立つ。さらにガラス質に変質していた地面も時間が遡るかのように元の土に戻っていく。

こんな魔法、こんな自由な魔法、知らない。教科書には絶対に載っていない。

これが、魔法。魔導士が使う、本当の魔法。

そして、最後にマルカ様と私を包んでいたドームが消える。まるで何事もなかったかのようにカカシが突っ立っていた。

「なん、と……」

「どうっすか、これが師匠の本当の力っすよ！」

「あ、ああ。どうやら私が愚かだったようだ。まさか、本当にこれほどの魔法が使えるとはな……はは、お師匠様は凄《すご》いな」

もう、乾いた笑いしか出せない。

「勿論《もちろん》っすよ！　なんたって、特級魔導士っすよ？」

「これが、私達《たち》が目指す高みか」

魔導士が、魔法使いや魔法士と区別され尊敬される理由が分かった。魔法使いや魔法士は、所詮誰かの作った定型化された魔法を使うだけの存在。魔導士は、魔を導く者。存在が別格だ。

こんな素晴らしい魔法を使えるお師匠様なら、本当に私のことを何とかしてくれるに違いない。私はそう確信した。もちろん、私自身も全力で努力することが前提だろうが。

――Side END#

やり切った。状況終了！

僕は得意の幻影魔法の黒杖《つえ》と音魔法の白杖をホルダーに片付けて、ふぅと息を吐いた。

そう、幻影魔法である。幻影魔法は物質への影響力が皆無な分、消費MPが非常に少ない。『見せる』だけならこれほど効率がいい魔法は他にないね！

ちなみにどこから幻影だったかといえば、ドーム型バリアからだ。火の玉も幻影、壊れたカカシも幻影、抉《えぐ》れた地面も幻影だし、風ではためく服なんかも幻影。本来『動く幻影』はそれぞれでMPがかかるところだが、演目としてひとまとめにすることで1MPで使えるようになっている。代わりに幻影魔法の発動後はあまり調整が効かないので、発動したあとは幻影に合わせて身体《からだ》を動かすだけとなる。慣れないと結構ズレてしまうのだが、今回は実家でメイドや執事を騙《だま》すのによくやっていた演目の一つ、『カカシをぶっ飛ばす幻影』だから慣れたものだ。

演目は他にも『おじい様からの巨大魔法を打ち消す幻影』『モンスターを倒し、跡形もなく消し炭にする幻影』『空を飛びながら戦う幻影』『様々な属性の魔法をお手玉する幻影』等がある。

最終的に何事もなかったかのようになっているのは、実際何事もなかったからに他ならない。もし事前準備する余裕があれば破壊状態のカカシを残せただろう。今回は適当にそれっぽく纏《まと》めた『後始末の幻影』で元通りにして見せた。おっと、『幻影魔法の魔法陣を隠す幻影魔法』も忘れちゃいけないな。

「今日使える分の魔力は使い切っちゃったから、このあとはよろしくねマルカ」

「了解っす！」

僕は一仕事終え、疲労感をにじませつつ後ろに下がる。実際MPはすっからかんで結構なダルさがあるのだ。

今回カレン達《たち》に披露して見せたMP内訳は、ドームで1、『カカシをぶっ飛ばす幻影』で1、『後始末の幻影』で1、魔法陣隠しで1の小計4MP。これに音魔法クリエイトサウンド分の1MPを追加し、合計5MP。きっちり僕一人《1タクト》分だ。

これはまとめられる幻影をまとめて効率化し、最適な魔法杖《つえ》を用いた成果でもある。つまり僕の集大成で、全力で、本気の魔法だった。

「じゃ、次はカレン。やってみてくれ」

「了解した、お師匠様！」

その成果もあって、カレンの声にはしっかりと尊敬の念が込められているようだった。

＊　＊　＊

カレンはカカシに向かって手を向けてぐっと力を籠《こ》める。

「……出《い》でよ火の玉！　敵を焼け！　ファイアボール!!」

しかし、いくら大声で詠唱をしても肝心の魔法は一切その手から出ることがなかった。

「どうだ、何か分かったか!?」

「うーん」

期待のこもった顔を向けられ、僕は腕を組んで悩んで見せる。……真面目《まじめ》に見るつもりはなかったけど、これはこれで興味深い。

基本、魔力視などなくとも体の外に出た魔力なら発光現象で多少は目視することができる。魔法を使った際に浮かぶ魔法陣しかり、失敗した時にすら魔法にならなかった分の魔力が数秒ほど残滓《ざんし》として空中に漂うものだが、それすらも無いのだ。

「ねぇ、カレンって本当に魔力あるの？　ステータス見せてもらってもいい？」

「失礼だな！　あるに決まってるだろう、魔力がないのにオラリオ魔導学園に入学できるわけないじゃないか！」

「……まぁ、そりゃそうなんだけど。いやなに、普通のステータスだと見れないところもあるからさ」

ＭＰが基準値に達していない自分を棚に上げ、僕は一度母屋に戻りある魔道具を持ってきた。

「こんなこともあろうかと、ってわけじゃないけど。持ってきておいて正解だったね」

「これは何だ？……いや、話の流れからしてステータスの魔道具、なのか？　それにしては魔石がやたら多いようだが、まるで毒キノコだ」

一般に出回っているステータスの魔道具は、小さな魔石が一個ついている卵型の魔道具だ。しかしこれはキノコのような形状で、傘の部分に少し大きめの魔石がこれでもかと二十個も埋め込まれていた。カレンは不気味なモノを見る目で魔道具を見ている。

「その通り、これはステータスの魔道具だ」

「私の知っているものとだいぶ違うな」

「これは試作機だよ。市場に出回ってるのはこれを色々と簡略化したバージョンで、コストと性能と消費を極限まで突き詰めた一品だね」

市場に出回っているステータス魔道具を簡易版とすれば、こちらは完全版。これと同等の性能のものはあと二つ、王城と王立魔術研究所という超重要施設に一つずつしかない代物《しろもの》だ。

「こいつでステータスを調査できるのは、王族関係者と王立魔術研究所の一流魔導士、あとウチに来た人だけってこと。ま、制作者の特権だね」

「そ、そ、そんなにすごいものなのか！　大丈夫かそんな無造作に持って⁉　壊したらどうするんだ⁉」

慌てるカレンに、ふっと笑ってみせる。

「これを誰が作ったと思ってるのさ。これでも開発者だよ僕は。多少なら壊れても直せるんだよ……素材はいるけど」

「そ、そうか！　お師匠様は凄《すご》いな、こんなのを直せるなんて！」

「そっすよカレン、師匠は凄いんすよ！　さぁ崇《あが》め奉るっす！」

「ああ。さすがカレン、マルカ様の師匠、私のお師匠様だ！」

「ふふーん、当然っすよ！」

……カレンもマルカへの対応が身についてきたようである。

尚《なお》、この試作機がそのまま出回っていない理由というものももちろんある。

まず第一にコストが高い。希少な素材を惜しみなく使っている。第二にあまり丈夫ではない。ガラスの壺《つぼ》くらいには割れやすい。そして第三に、使うＭＰがやたら多いのだ。

「マルカ、魔石への補充よろしく」

「了解っす！」

一般に出回っているステータスの魔道具がＭＰ容量１の小さな魔石で動作するのに対し、この試作機に二十個ついている魔石一つ一つのＭＰ容量は５。つまり、一回の稼働になんと１００ＭＰも必要なのだ。僕が何日もかけて魔力を溜《た》め、ようやく一回稼働させられる代物《しろもの》である。……マルカならこうして腹に抱えて撫《な》でまわしていればあっという間に補充完了だ。

「やっぱコレ楽でいいっすねぇ、撫でてるだけでノルマ放出終わるなんて超便利っす……毎日これ使わせてほしいっすよー」

「ダメだ。そんな頻度で使ってたらすぐ壊れる。こいつはデリケートなんだ。……直せるにしてもタダじゃないんだからな」

「ちぇー」

光の魔道具のような単純な作りのものならともかく、これは色々と複雑に、そして素人

仕事で雑な作りになっている。（王城とかにある方はちゃんとした職人に作ってもらったものでもう少し頑丈だ）

……本当ならマルカが体調不良等で魔力放出できなくなったときのための保険として持ってきたものであり、こうして本来の用途で使う予定はなかった程だ。

「ま、そんなどうでもいいことはさておき。カレンのステータスを調べてみようか」

あまり突っ込まれて、マルカの為《ため》に持ってきたとバレたら恥ずかしいので、そう言ってカレンに早く使うよう促す。

「う、うむ。よろしく頼むぞ、お師匠様……どう使えばいいのだ？」

「柄の部分を握るっす。毒キノコの柄っぽいところっすよ」

「こうだろうか？」

カレンが魔道具の柄をぎゅっと握ると、フォンッとステータスウィンドウが浮かんだ。

「おお、ありがとうマルカ様！　さすがだな！　分かりやすい！」

お前の師匠はマルカではなく僕のはずでは？　とは思いつつも、結果に目を向ける。

「どれどれ……？」

そこには、簡易版で表示するよりも詳細なステータスが表示されていた。

カレン・キサラギ

	現在値／最大値
HP	30.13／30.56
MP	100.23／100.23
STR	21.51／21.52
VIT	31.77／31.79
AGI	38.14／38.14
INT	15.40／15.50
DEX	10.11／10.12
MND	56.13／57.25

体回復力	5／1h
魔回復力	10／1h
健康度	99

属性値	地:7	水:3
	風:10	火:67
	光:10	闇:2

「おおっ!? 前に見たことがあるステータスと違うぞ!? 回復や健康はともかく、属性値とはなんだ？」

「ま、これが完全版ステータスだよ。属性値ってのは、属性魔法の適性だね。実情が違ってたから汎用機ではオミットした機能なんだけど、参考にはなるよ。えっと、魔力ってのは波長で性質が変わる。それで体内にある魔力の波長成分つまり魔力スペクトルをフーリエ変換して分析、各波を一般に知られている基礎属性六種に類似している波長毎に仮分類

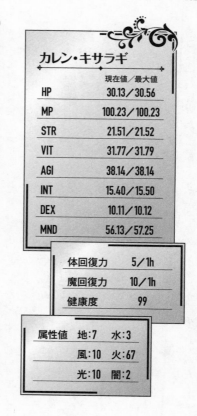

して数と割合で――」

「あー、あー、そこらへんの難しい話は良く分からん。もっと簡単に頼む」

ちっ。自慢のいろいろな機能を説明したくてたまらないが、分からない相手に説明しても仕方ない。要望通り細かい説明をすっ飛ばす。

「……そこの値は全部足すと100になる。一番高いのが向いてる属性ってこと。特殊系統等で例外も多いけどね」

「なるほど！　私は火属性が向いているのか、髪も赤いものな！」

「髪や目の色と属性は結構関連性があるね。当てはまらない人もいるけど」

僕自身の黒髪が当てはまらない例である。オクトヴァル家は、昔のご先祖様が黒髪だったのを律儀に代々引き継いでいるのだ。

「しかし……ここまでハッキリ分かるのだなぁ。これではキサラギの魔眼が時代遅れと呼ばれるのも分からないでもない……」

落ち込むカレン。魔力視では属性も色である程度分かったりするらしいが、属性値1の違いなど並べてみても分かるはずもない。完全にステータス魔法に軍配が上がる。

「ちなみにこの結果から見るに、さっきの魔法はそもそも発動以前に魔力操作もできてないみたいだ」

「なんだと？　そんなことも分かるのか」

「発動に失敗しても多少はＭＰが減るもんだからね。……魔力操作の成績は？」

「……苦手だな！」

目を真横にそらしながらいうカレン。おそらくまったくできないと見た。

「ステータスの魔道具を握ったまま魔力操作してみてよ。魔力を外に出せればＭＰの値が減るはずだから」

リアルタイムに結果を確認できるのも、この試作機ならではの機能である。

「む、そうか。…………減らないのだが!?」

つまり予想通りまったくできていないということだ。

「いやぁ、ここまで微動だにしないって逆に凄《すご》いっすねー」

「だ、だが私にも魔法は使えるぞ！　見よ、この魔眼を――ひっ！　あ、なんだマルカ様じゃないかびっくりした……お、本当だ。ＭＰが減ったぞ」

ステータスを見ると、魔眼の発動と同時にＭＰの現在値が5ほど減少していた。

「ふむ。魔眼はやはり魔力を消費して発動するんだな……目が光るのも魔力発光が関わってそうだ……そうそう、この試作機は部位毎のパラメータを見ることもできるんだ。ちょっと全身のＭＰ量がどんな分布か見てみよう」

ちょんちょん、と宙に浮かぶステータス表示をつつくと、カレンの輪郭図が表示される。

ＭＰ量が多いほど赤白く、少ないほど青黒く表示される機能だ。

「へー、こいつってこんな機能があったんすねぇ！　自分、初めて見たっす！」

「そりゃ、僕やマルカが使っても意味ないしな」

どうせ使っても僕は全身青黒く、マルカは全身真っ白になるだけだ。

「で、カレンの魔力分布は……随分と特徴的だねぇ」

これによると、目の瞳孔が白、その周辺が赤。そしてそれ以外は全身青黒だった。

「両眼《め》だけで90ＭＰ保持してるな。ほぼ全部じゃないか、こりゃすごい」

先程消費された５ＭＰを加えると、目以外に残るのは５ＭＰということになる。一タクトとは……少し親近感を覚えるな。

「うむっ！　キサラギの魔力は眼に宿る――まさに言い伝えの通りだ！　存分に褒《ほ》め称《たた》えてくれ。……で、これがどう凄いのだ？」

凄さが分からないのに褒め称えろとか言ったのか。

「……そうだな、例えば両眼をくりぬいたとしよう。するとカレンはＭＰ５になる。そのくらいめちゃくちゃ目に魔力が偏ってる」

「なん……だと!?　それでは仮にサカッチ先生に眼を差し出したら……魔法の使えない役立たずになるだけではないか!!」

「ハハハ、ソウダネ」

現状で最大MP5の僕に喧嘩《けんか》を売る発言だが、笑って受け流す。

「……で、お師匠様？　自分はこれからどうすればいいのだ？」

「ん？　うーん」

眼《め》に魔力が集中している、それは分かった。最大MPが100とはいえ、こんな極端な分布では、いっそ全身でMP5しかない僕の方が魔法を使えるというもの。余計な魔力に引っ張られて魔力操作できないなんてことが起きないからだ。

「地道に魔力操作を鍛えて、眼からMPを引っ張ってこれるようにすれば魔眼以外の魔法も使えるかもしれない、かな？」

「眼からMPを。……どうやってやればいいのか想像もつかないな。それに私にはあまり時間もない。どうにかしてくれ」

「そんなこと言われてもなぁ……うーん……あっ」

って、なにまじめに考えてるんだ僕は。僕の目的はカレンの信用を勝ち取りつつ奴隷落ちさせ、優秀で従順で秘密を洩《も》らさないアシスタントを手に入れること。それならこのまま無駄に時間のかかる方向で努力させればいいじゃないか。

「何か思いついたのか!?」

「ああいや、マルカに教えてもらったら良いよ」

「自分がっすか？」

　急に話を振られてキョトンとするマルカ。

「マルカも魔力操作が苦手だっただろ？　人に教えるのも勉強になるもんだよ」

「なるほどっす！　任せて欲しいっす！」

　これでよし。苦手だったどころか現在進行形で苦手な方のマルカなら、きっとカレンの修業を長引かせてくれるに違いない。ついでに僕も一人の時間を確保できるし一石二鳥というものだ。

「それじゃ僕はさっき魔法を使って疲れたから、先に休ませてもらうね」

「あいあいっす！」

　びしっと敬礼するマルカに僕は頷《うなず》き、家に向かう。

「カレン、目から魔力を搾り出すっすよ！　気合で！　ぐぐっと！」

「き、気合か!?　むぐぐ！　こうか!?」

「ちがうっす！　ぐぐぐっと！」

　うんうん、後ろから聞こえてくるまったく理論的ではない非効率的な感じ。悪くない。

　マルカ、カレンの相手は任せたぞ！　僕はそんなことよりもそろそろドラゴン退治の計画を立てなきゃいけないからね！　とはいえ、目撃情報待ちだけど。……いい具合に僕が活躍してるように見える戦術でも考えておこう。

#Side　王都オクトヴァル家訓練場

タクトが去ったのち、マルカとカレンは二人で魔力操作の訓練を行っていた。

「……まったく魔力が動く気がしない。全然ダメだ」

「うーん、全然上手《うま》くいかないっすか？　一旦休憩するっすよ」

「そうだな。このまま目を血走らせるだけじゃダメそうだし。目に魔力が入ってるってのはなんとなく分かってきたが、まったく動かないんだ」

そう言って両手を上げて手の平を見せるカレン。マルカとしても、確かに魔力が集まっているとそこに引っ張られるという感覚は分かる。目に殆《ほとん》どが集中してるなら、そこから離れないのも当然だろうと思う。

「ていうか、授業で『ボール』とかやらなかったんすか？」

「……それもできないから、こうして苦労してるんだろう？」

なるほど、とマルカは頷《うなず》く。

「なんか師匠にアドバイスでももらいに行くっすか？」

「まってくれ。ひとつ気付いたんだが、お師匠様はマルカ様に任せると言っただろう？となると、成功の鍵はマルカ様にあるんじゃないか？」

「え、自分っすか？」

　自分を指さし、首をかしげるマルカ。

「ああ。マルカ様なら私をどうにかできる、と師匠は見抜いていたんだとしたら？」

「……自分がカレンを見るように言われた事自体がヒントってことっすか」

　どうやらタクトは、カレンと同時にマルカにも課題を出していたようだ。そのことに気付かされ、マルカはハーフエルフ耳をぴこぴこ上下させる。

「カレンに気付かされるとは……迂闊《うかつ》っす！」

「そこは素直に私を認めてくれてもいいんだが？」

「少しは見直したっすよ」

「そうか！」

　マルカにそう言われて笑顔になるカレン。

「確か師匠は『人に教えるのも勉強になるもんだよ』……と、言っていたっす。つまり、自分が師匠から教わった魔力操作にヒントがあるって事っすね！」

「マルカ様はお師匠様からなんて教わったんだ？」

「んーっと、自分の場合はまず極限まで魔力を使い果たしてから、それから練習したっすね。自分、魔力多いから大変だったっすよ」

思い返せば、マルカも昔はまったく魔力を動かすことができなかった。体内に含まれる魔力が膨大すぎて動かそうにもビクともしなかったのである。当時、オクトヴァル伯爵家中の魔道具をかき集めて魔力を吸い出したりしたのもいい思い出だ。

「最初は魔法がひとつも使えなかった、ってのは今のカレンと同じっすね」

「それだ！　魔力が極端に集まっているから動かしにくいのだ。なら動かす魔力を減らせば訓練するのに丁度良いということ！」

「おお、なるほど！　じゃあカレン、早速ステータスの魔道具の魔力を補充するっす」

マルカは手にステータスの魔道具を持ち、カレンの顔に魔石を向ける。押し付けようというのか、その魔石を。目に。絶対痛い。カレンは慌てて手を振り拒んだ。

「ま、待ってくれマルカ様！　私は魔力視が使えるからそれを使う必要はない！」

「あ。そういえばそうだったっすね」

魔法も魔力操作もまったくできなかったマルカとは違う。そういう違いをふまえて適切に教えろというのも、マルカへの課題なのかもしれない。

早速カレンは魔力視を使い、魔力を消耗させてからの魔力操作を試す。

「魔力視！　魔力視！　魔力視！……ふぅ、こんなものか？」

残MPは10程度。フラフラするが、なんだか成功しそうな気がする。カレンは早速ぐぐっと目に力を籠《こ》め始めた。

「よし、やってみるっすよカレン」

「ひあっ!?　あ、ああ、マルカ様だった……ん？　今、魔力が動いたぞ！」

そしてカレンはマルカの魔力を視《み》て涙目になりつつ、目から魔力を動かすことにあっさり成功した。今までの苦労はなんだったのか、と言わんばかりに簡単だった。

「方向性はこれで間違ってはいなかった……しかし、こうも簡単にいくとは」

忘れないうちにもう一度、と魔力操作を試みるカレン——だが、今度は動かない。

「む？　さっきは上手《うま》くいったんだが」

「！　涙っす！　涙を流すイメージっす！」

「涙……そうか、目から魔力を出すイメージとしてはピッタリだ！」

これに違いない。二人はそう確信した。さらにカレンは、同時にあることに気が付く。

「マルカ様……ひょっとしてお師匠様は、全て計算済みでマルカ様に……？」

カレンが魔力操作を行うには、マルカの経験に沿った訓練が適切だった。マルカの経験に沿った魔力操作の練習をするには、目の魔力を減らす必要がある。目の魔力を減らすには、カレンは魔力視を使うのが自然な流れだ。そして、その魔力視を使った状態でマルカを見れば、その恐怖に当然のように涙ぐんでしまう。……涙を流せば——魔力操作も自然と成功する。

全てが、一本に繫《つな》がっていた。

「師匠なら当然っすね。良く気付いたっすよカレン」

「やはりそうか。なんと巧妙な」

成功への道は、タクトによって用意されていた。あとは弟子である自分達《たち》が間違えずにヒントに気付き、進むだけだったのだ。最初から全てを語ってくれれば、とも思ったが、それでは成長にならないと思ったのだろう。「僕の弟子なら、最低限これぐらいは気付いてみせろ」と、タクトは言いたかったに違いない。

「……まったく驚きの連続だ。お師匠様はとんでもないな」

「そうっす！　師匠は凄《すご》いんすよ！　弟子になれた幸運を嚙《か》み締《し》めるが良いっす！」

「ああ、さすがお師匠様だ！」

そしてここに、マルカ二号が、紛《まぎ》れもない妹弟子が誕生しようとしていた。

――Side　END#

カレンの教育について、順調に進展があったらしい。案外マルカには教育者としての才能があるのかもしれないな。カレンの事はこのままマルカに任せてしまおうか――と思ったが、それでは僕じゃなくマルカの弟子になってしまう。僕の秘密をマルカ相手にペラペラ喋《しゃべ》られたら困るので、師匠として威厳を示しておかなければ。

そんな折、ワイバーンの目撃情報が僕の手元に届いた。場所は王都近郊の開けた湖。冒険者ギルドに依頼して探索してもらっていたのだが、こんな近くに出るとは運がいいやら悪いやら。少なくとも見つからないで時間切れよりは良いか。ん？　まてよ？

「これだ！」

僕が指示を出し、マルカが従ってワイバーンを討伐するところを見せつければ上下関係的に師匠の地位が保てる――はず！　学長からの課題もクリアできて一石二鳥！　湖ならマルカが自由に魔法を使えてワイバーン狩りには最適の場所だ。これなら確実に勝てるしその点でも不安はない！

とはいえ、王都近郊なだけに冒険者ギルドでも討伐依頼が出されるはずだ。早くいかなければ横取りされる恐れもあった。急がねば。

「というわけでカレン。マルカとワイバーン狩りに行くからついておいで」

「え？　ワイバーン……ワイバーン狩り!?」

そんな驚く事だろうか——いや、驚くことだな。そうじゃなきゃ学長の要件を満たさないし、実際僕だってマルカが居なかったら行くはずもない。やつらは牛を掴《つか》まえて食う肉食ドラゴンなのだから。

「ワイバーン狩りをピクニックのように気軽に言うのだな、お師匠様は」

「当然っすよ！　師匠なら簡単な相手っす！」

僕一人じゃ到底無理だけど。頼りにしてるよマルカ。

というわけで、僕らは早速王都郊外、ワイバーンの目撃情報のあった湖までやってきた。

「ここをキャンプ地とするっすー！」

そう言ってマルカは背負っていた荷物を降ろす。折り畳みの椅子とパラソル、来る途中に買ったバゲットサンドが人数分だ。

「……お師匠様。マルカ様は見た目によらず力持ちなのだな」

「常に身体強化の魔法を使ってるような状態だからね」

マルカの多すぎる魔力は、体内で常に満《み》ち溢《あふ》れている状態だ。そのため、身体強化の魔法と同等の効果が勝手に発動する。重い荷物を持ったときに自動でその分魔力を使うという状態のため、無駄に効率もいいというわけだ。「これは騎士団連中が泣くわい」とおじい様も言っていた。

「おらっ妹弟子！　カレンの分も用意してやったっすよ、ありがたく感謝するっす！」

「ははぁ！　ありがとうございますマルカ様！　いよっ姉弟子の鑑《かがみ》！　自慢のメイド！」

「ふふーん、師匠の弟子として当然っすよぉ」

おだてられて満更でもなさそうなマルカ。カレンもすっかりマルカの取り扱いが分かって来たようでなによりだ。

「なぁお師匠様。暗くなるまでにターゲットが現れなかったら野宿になるのか？」

「宿場町があるからそこで宿をとる形になるね。でもまぁ、かなりの確率で日帰りできると思うよ」

そうなのか？　と首をかしげるカレンにもう少し説明を追加する。

「このあたりの牧場の人に聞いた情報なんだけど、ここ数日毎日ワイバーンがうろついてるらしい。丁度いい獲物が見つからないんだろうね」

ワイバーンが飛んでいるのにわざわざ放牧する牧場主も居ない。ゆえに今頃ワイバーンもさぞお腹《なか》を空《す》かせている頃だろう。エサを探して毎日飛ぶのも大変だろうけど、僕らにとっては好都合というわけだ。

「なるほど、この緑色のパラソルは保護色というわけだな」

「空からは見え辛《づら》いだろうね。ま、ワイバーンが来るまではのんびりしようか」

「……私は釣りがしたいのだが、してもいいか？」

そう言って、自分の荷物から釣竿《つりざお》を取り出すカレン。遊ぶ気満々じゃないか。湖に誘ってそのまま来たというくらいに急だったのに、いつのまに釣竿を用意したというのか。

「釣りしてもいいけど、パラソルから出たらワイバーンに気を付けてね」

「うん、やっぱりやめておこう」

一言で説得成功した。目撃者として無事生還してほしかったので助かるよ。

「ところで師匠。ワイバーンってどうやって倒すんすか？」

「ん？　そうだなぁ。マルカの魔法で盛大にやっちゃおうか。魔力抜きもかねて」

「え、いいんすか!?」

「うん。そのために郊外に出たと言っても過言じゃないし」

マルカは保有魔力がバカデカく、細かい調整が苦手である。だからこそ、周囲に被害が及ばない——もとい、及びにくい、郊外の湖が最適なのだ。

「でも自分、空飛ぶワイバーンに魔法当てる自信ないっすよ？　届かないっす」

そう、マルカの魔法は射程距離がとても短い。発動後に崖から落とすなら別だが、真上に打ち上げようものならまったく飛ばず自分達《たち》に向かって落ちるだけ。大惨事不可避。

「まぁ、そこは僕に任せてよ。ワイバーンを地上に落とすからさ、それなら一発だろ？」

「手前に落ちてくれるならいう事ないっすよ！」

うん、まったく問題なさそうだ。


さて、ここからが僕の仕事だ。

ワイバーンが主に狙うのは牛や豚、それに馬等の家畜である。となれば、話は早い。家畜を囮《おとり》にすればあっさり釣れるのだ。ワイバーン狩りの常套手段《じょうとうしゅだん》だが、採算が取れなくなるので冒険者達はあまりやらない方法だ。

「だけど、僕ならこの通り」

黒杖《つえ》を取り出し、幻影魔法を使う。そこに現れたのは草原の草をはむ牛だった。

「おお！　召喚魔法か!?　丸々太ってて美味《おい》しそうだな！　お師匠様、私にも一頭出してくれ」

「カレン落ち着いて。これは幻影魔法だよ」

「幻影？　なるほど、初級魔法だな。……ワイバーンに本物の牛はもったいない、ということだな！」

「うん？　うん、まぁそうだね」

何かよく分からない納得の仕方だけど、本物の牛を使うより安上がりなのは間違いないし、勝手に逃げたりもしない。ワイバーンは案外賢く、囮が拘束されていて逃げようとしても逃げられない様子を見ると警戒して降りてこないこともある。それを回避できるだけでも成功率は高くなる。

「間違いなくワイバーンはこの牛めがけて降下してくる。そしたらマルカが必殺の一撃を喰《く》らわせる、という寸法だよ」

「さすが師匠っす！」

ちなみにこの牛、一時間で１ＭＰのド節約された代物《しろもの》だ。一時間もあれば１ＭＰくらい余裕で回復できるので実質いつまでも使い放題。そしてちょっと座標を動かすくらいなら融通が利くので、上手《うま》く釣れなかったら少し動かすこともできる。

「疑似餌を使った釣りのようだな！　さしずめ『ワイバーン釣り』か！」

「おっ、妹弟子が良い事言ったっす。そうっすよ、師匠にとってはワイバーン如《ごと》き釣りみたいなもんっす、休日のレジャーっすよ！」

「姉弟子！　釣りはレジャーではなく食糧確保の大事な仕事だぞ⁉」

貧乏学生のカレンが言うと切実なものを感じるな。


それから数時間。湖畔でのんびり幻影の牛を眺めていると、青空に影が現れた。

「師匠、師匠！　ワイバーンが見えたっすよ！」

「ん、あ、うん。少し寝落ちしかけてた……ふぁーあ」

あくびをして空を見上げると、そこにはトンビのように空を滑空するワイバーンの姿があった。豆粒のような大きさだ——と思ったのもつかの間。ぐんぐんとこちらに近づいてくる。マルカは何も言わずとも杖《つえ》を取り出して構える。

「よし、僕が合図したらワイバーンにファイアボールを撃ってくれ」

「了解っす！」

ワイバーンの狙いは牛のはずだが、こちらに直接向かってくる可能性もないわけではない。でもその場合は直接迎撃してやればいいだけ。もっとも、ワイバーンは僕らから数メートル離れた場所で草をはむ牛の幻影へと向かっている。そこが、マルカの射程内だとも知らずに。

自重を生かした体当たり。ワイバーンは、牛を仕留めて大人しくさせてから巣へ持ち帰るつもりの様だが——残念、その牛は偽物《にせもの》だ。ワイバーンは牛をすり抜け、地面へと激突した。流石《さすが》に元々牛を殺すつもりでいたワイバーンに特にダメージはないようだが、混乱して動きが止まっている。

「今だマルカ」

「了解っす！　出《い》でよ火の玉、敵を焼け——ファイアボールっす！」

「アギャッ——」

ずぼんっ！

魔法陣から、巨大な火の玉が瞬時に現れワイバーンを飲み込んだ。それは、先日僕がカレンに見せた幻影の大火球よりさらに巨大な、直径十メートルほどの炎の玉だ。市街地で使ったら間違いなく大惨事待ったなしの凶悪な熱量を保持しているその玉は、ワイバーンを断末魔の悲鳴を上げる暇すらなく仕留めてしまった。

「あっちぃいいいっす——!!　ひぇい、切り離しっ!!」

手をブンブン振って火の玉を切り離すマルカ。マルカの手元から離れた火の玉は、あまり飛ばずに重力にひかれて地面へと落下。バシュゥウウウ、と周囲の土と草を燃やしつつ、火の玉はゴロゴロと転がりながら地面にめり込んでいく。湖に向かって転がる火の玉は、地面を溶かしてめり込み、その一歩手前で埋まって動きを止めた。

直後、炎がボフゥン、とキノコのように上空へと舞い上がる。併せて爆風が吹きすさび、草木や僕らをびりびりと揺らした。

爆風の衝撃で湖とギリギリ繋《つな》がってしまったようで、ファイアボールにより赤熱化し窪《くぼ》んだクレーターへと水が入り込む。水は、ジュウジュウと水蒸気へと変わりながらも小さな池を作り出した。

一言で言って大惨事である。立てていたパラソルもどっかへ飛んで行ってしまった。即席の温泉にはワイバーンの骨だけが燃え残り浮かんでいたが、水を浴びて急冷したためかヒビが入っていた。

「相変わらず威力がえげつないな。杖《つえ》は……ああ、ダメそうだな。はいこれ新しい杖」

「気分爽快っすよ！　杖あざっす！」

燃え落ちた杖と交換で新しい杖を渡す。満足げに笑うマルカ。奥歯に挟まっていた魚の小骨が取れたかのようなスッキリした笑顔だ。推定だけど、今の一撃でＭＰ１５０は使えただろう。今日のＭＰ消費ノルマは十分か。

「ま、マルカ様は上級魔法も使えたのか……すさまじいな」

「え？　使えないっすよ？」

「え？　これは上級魔法のエクスプロージョンでは？」

ぱちくりと眼《め》を瞬かせるカレン。気持ちは分かる。

「詠唱聞いてなかったんすか？　初級魔法のファイアボールっすよ。自分、初級魔法のボール系しか使えないっすから」

そう。マルカは初級魔法しか使えないのだ。制御力が足りない、というよりかは、魔力が多すぎて魔法がぶっ壊れるため、常人の何倍もの制御力が必要なのだ。もっとも、制御してこれなので中級魔法以上は恐ろしすぎて教えられないというのもある。

「先日見た師匠の火の玉よりデカかったのだが……太陽が生まれたかと思ったぞ？」

「デカさだけっす。見ての通り制御が苦手なんで落としたり転がしたりしかできないんすよね。欠点だらけっすよ」

それでも対魔物防衛戦では砦《とりで》の外壁から落とせばいいので凄《すご》く有用だ。外壁にもダメージが入っちゃうのが難点だけど、壁はおじい様が土魔法で直せるので問題なし。

「ところで、先日見せてくれた結界は何故《なぜ》出さなかったんだ？」

「結界？　ああ、バリアね。不要だからだよ。まぁ、ＭＰの節約だね」

もちろん、そんなことできないからだが。あのバリア見掛け倒しだし。……追及されたら面倒なので、もう少し言っておくか。

「必要だと思うなら自分で出せばよかったんだよ。何でも僕に頼るのは間違ってるんじゃないかな？」

「む。つまり、私が未熟なのが悪いってことか？……くっ、言い返せない！」

「はっはっは、精進してね」

自分にできないことを人にやれというのは無茶振り《むちゃぶ》りってやつだ。もっとも、自分にできるからといって人にも同じことを強要するのはパワハラってやつらしいけども。

「焼きすぎて肉食えなかったのは残念っすねぇ、てへっ！」

「仮にもドラゴンであるワイバーンを骨だけ残して燃やし尽くしておいて『てへっ』ってなんだよ」

「そんなことより討伐の証拠ゲットっす！」

マルカは焼け残ったワイバーンの骨と魔石が十分冷えたのを確認して、布に包み、ガチャガチャと背中に背負う。頭蓋骨だけでもマルカの胴体くらいの大きさがあって結構重そうなんだが常時身体強化マルカには問題ない。

「……なぁお師匠様。マルカ様って戦士としてもやってけるんじゃないか？」

「僕もそう思うよ」

ともあれ、これでワイバーンの討伐は終了だ。地面の方の被害は……まぁ、時が解決してくれるだろう。いや直せるなら直したいんだけどね、直せないし。マルカに任せたらもっとひどいことになるのは確定だし。これが最善なんだよ。


結論から言うと、ダメだった。

ワイバーンを倒した事実を学長に報告するも、「二人でいくなら中級龍くらい倒してもらわないと。それにもう一人弟子が同行していたと聞いてるよ？……それに、湖畔を荒らされたという苦情がね？　ダメだよ、キャンプは後始末までちゃんとしなきゃ」と却下されてしまった。……引き続き、冒険者ギルドにはドラゴンの情報を探ってもらうとしよう。

しかし中級龍って、結構ちゃんとしたドラゴンを倒せってことじゃないか。名前からしてナントカドラゴン、みたいに呼ばれてる類《たぐい》のを……一気にハードルが上がるぞ……？

＊　＊　＊

数日後。

「タクトさん、タクトさん。聞いていますか？」

「あ、ああごめんネシャト、ボーっとしてた。えーっと、なんだっけ？」

僕はネシャトに声をかけられ、意識を戻す。図書室で研究の話をしている最中だった。現実逃避というわけではなく、これもまた課題につながる一手。ネシャトとの研究で魔力のバケツを作ることができれば、魔力不足で使えないあんな魔法やこんな魔法が使えるようになる。魔力を十分に使えるなら、僕はおじい様にも引けを取らない自信がある。魔法杖《つえ》の効率分、上回ることさえあるかもしれない。ドラゴンだって狩れる。多分。

まぁそれを抜きにしても、ネシャトとの話は楽しい。実技の授業を免除されて、空いた時間で実践的な魔術談議というのがとても有意義だ。

「魔石の出力を高めれば実質魔法に使えるんじゃないか、と思いまして」

「うん、魔石は弱く長く魔力を放出する。弱い出力なら、強くすれば魔法に使えるんじゃないかってことか。素晴らしい着眼点だ。問題分析ができている。……ただ、魔石から出てくる魔力は、水に譬《たと》えるなら『勢いが弱い』状態だ。複数の魔石を使っても、それは変わらない」

「では、同じく水に譬えて……ホースの口を絞るようにすれば、勢いを強められる？」

「圧力が足りないよ。魔石の外側に魔力が十分にある状態だと魔力が出てこないからね」

「あっ、なるほど……絞ると、単に詰まってしまうわけですね」

ああ、なんという知的な会話。打てば響く、とはまさにこういうことだろう。マルカやカレン相手だとこうはいかない。あいつら感覚派すぎるんだ。

「タクトさん。魔石に魔力が充填《じゅうてん》されている状態で破壊すると、爆発する——というのは、ご存じですよね？」

「ああ、うん。魔道具を作る人は真っ先に教わることだ。危ないから気を付けるようにって教本にも書いてある」

「アレがカギになるのではないか、と考えています」

ふむ？　と僕は考える。

魔力が充填された魔石を破壊すると爆発する——逆に言えば、魔力が充填されていない魔石は壊しても爆発しない。この差はつまり、魔石を破壊することで魔力暴走が起き爆発しているわけだ。

「暴走しているとはいえ、魔石の魔力が一度に放出されるなら先程の『圧力』の話に通じるのでは？　と思いまして」

「確かに。……暴走した魔力は制御できない欠点はあるけど、魔石の特徴である『弱く長い』、が覆《くつがえ》っているのは事実だ」

「であれば、ですよ？　暴走した魔力を制御できないか、と、その、思いまして」

仮に暴走した魔力が制御できたら……そこから更に研究を重ねる必要はあるだろうけど

も、自分の魔力を減らすことなく、魔法が撃てる、という未来が見えてくる。

「素晴らしいよネシャト！　暴走した魔力が使えるなら、それはもう魔石が使い捨ての『魔力バケツ』になると言って過言じゃない！」

「え、えへへ。そうですか？　あ、でも使い捨てはもったいないので、その次は『破壊しても再利用できる魔石』も研究したいですね」

「そんなのできたら最高だね！　なんだい君、神かい？　新たな世界の神か」

「か、神だなんてそんな。えへへへへ」

かくして、ネシャトの研究方針が決まった。

問題は、魔石はそれなりに高価なため、研究費がとてもかかるということだ。

「順番は前後するけど、再利用可能な魔石の研究を先にした方がいいかもしれないね」

「確かに、そうですね。研究費的に考えて……」

なんだかんだいって、お金は大事だ。ネシャトの研究には大いに協力したいところだけど……特に今は、カレンを奴隷として確保することを考えると、あまりお金を使わずに取っておきたいところ。

と、授業時間終了の鐘が鳴る。誰かに聞かれて研究を盗まれる可能性を考えると、あまり突っ込んだところをこのまま図書室《ここ》で話すわけにもいかない。

「一旦研究についての話はここまでにしようか」

「あ、はい……そうですね」

……僕としては盗まれた先で完成したものを使わせてもらえるなら別に構わないところだけど。ネシャトとの共同研究だしね。うん。

と、話を切り上げたところで手持無沙汰になったネシャトは腰につけていた杖《つえ》を取り出し、手入れを始めた。木製の短杖《ワンド》を乾いた布でゴシゴシと拭いている。

「……ん？　その杖」

その杖に、僕は見覚えがあった。いや、見覚えなんてものじゃない。間違いなく僕が作り、店に卸した短杖《ワンド》だった。

「あ、はい……私の杖です。その、恥ずかしながら、杖が手放せなくて……あ、す、すみません。杖なんて使ってタクトさんには目障《めざわ》りですよね……」

「そんなことはないよ。おじい様は杖反対派だけど、僕はそうでもないんだ」

「そう、ですか？　えへへ、実はこの杖、そんじょそこらの杖とは次元の違う逸品でして。タットル氏の作る杖はまさに芸術品と言っても差し支えありません」

興奮気味に早口になって杖を掲げるネシャト。尚《なお》、タットルというのは僕のことだ。名前と苗字《みょうじ》を縮めただけの簡単な偽名。

「何が素晴らしいかといえば、魔力の通りがなめらかなのです。加工精度が高く引っかかりがまるでない。かと思えば思った通りに魔力を操れるので、私みたいな落ちこぼれでもすんなりと魔法を使うことができるんです。……当時、魔法が使えず悩んでいたのが嘘《うそ》みたいにすんなりと。あれは練習用に使っていた父のお古の杖《つえ》が原因でしたね」

「ああ、古い杖だと劣化して逆に素手よりも使いにくくなることも多いしね。使用者のクセも付いちゃうから、少なくとも最初の杖は新品の方じゃないと大変だよ」

「そうなんです！　だから尚更《なおさら》タットルシリーズを手にした時の爽快感が凄《すご》くて！　ああ、これが本当に本当の魔法の杖なんだ、って！」

目をキラキラさせているネシャト。そして僕も、作った杖をそこまで気に入ってもらえて悪い気はしない。というか嬉《うれ》しさでムズムズする。

「って、タットルシリーズ？　そんな風に呼ばれてるんだ、その杖」

「はい。タットルシリーズの愛好者は結構多いですよ、コッコナータ生徒会長もタットルシリーズを愛用していますし。それもシリアルナンバー001ですよ！」

えっ、生徒会長が……あとシリアルナンバーなんて入れてたっけ……入れてたわ。なんかカッコいいかなって最初に卸した分は入れてた。無駄に三桁にしたけど、結局015くらいまでで飽きてやめたやつだ。やばい、さっきのむず痒《がゆ》い感覚が痛みを帯びてきた。

「それにタットル氏は経歴不明で、そこがまた魅力というか。魔導士名鑑にタットル氏の名前が載っていないので実は魔法士や魔道具士なのではないかとも噂《うわさ》されていまして」

「そ、そっかぁ、ネシャトはタットル氏が大好きなんだね！」

　僕が会話を断ち切るためにそう言うと、ネシャトは満面の笑みを浮かべて。

「はい、愛してます！」

　迷いなく言い切った。……この子、タットル氏が実は僕だって言ったらどういう反応するんだろう。そう考えていると、ネシャトの顔が真っ赤になっていく。

「……す、すみません、熱く語りすぎました……」

　ネシャトはそう言って、ゆっくりと椅子に座った。

「は、話は変わりますが、タクトさんが弟子を取られたと聞きました」

「ん？　ああ、カレンのことか……」

「はい。奨学生のカレンさんです。タクトさんが弟子にしたという事は、やはり光るものがあった、んですかね？」

　ネシャトは疑問形でそう尋ねてくる。クラスメイトとして、実技等でカレンの駄目っぷりを見ているのだろう。

「え、いや、まぁ……キサラギ家の事を持ち出されたら、ね」

「キサラギ家といえば魔力視……成程。ステータス魔法の損害を最も受けた一族、ですか……確かに、それを持ち出されたらタクトさんは断りにくい、ですね」

「けどまぁ、一度請け負ったからには奴隷落ちしても面倒を見るつもりだよ」

と、さりげなくカレンが奴隷落ちしたら引き取るアピールをしておく。

「それで、カレンがどうかした？」

「あ、いえ、その。……先日デートした、って本当ですか？」

「……デマだね。思い当たる節がワイバーン狩りに連れて行った事くらいしかないけど、マルカも一緒だったし断じてデートではないよ」

「……そ、そうですか！　なら、なんでもないです」

ネシャトから振ってきた話だったのだが、とても強引に話が終了した。まぁ、なんでもないならなんでもないで良いんだけど。

噂《うわさ》をすれば影というか、カレンとマルカが図書室にやってきた。

「ん？　マルカはともかく、カレンが図書室にって珍しいな」

カレンは良くも悪くも脳筋感覚派タイプで、実践訓練しかしなさそうに思っていた。

「むっ。私だって調べたい事くらいある。先日お師匠様が言ってた事が気になってな」

「僕が言ったこと？」

なんだろう。そう思っているとカレンはネシャトに話しかける。

「そうだ優等生！　ちょっと資料を探すのを手伝ってほしいのだが、良いか？」

「ふぁっ!? な、なんで、しょうか？」

「手伝ってくれるのか、ありがとう！」

そう言ってカレンはネシャトの肩を抱く。人見知りするタイプのネシャトは、クラスメイトとはいえカレンの馴《な》れ馴《な》れしい態度にビクッと震え怯《おび》えている。

「ちょっと、カレン――」

「――おうカレン！　ネシャト様はマルカちゃんランキング的に、現在ぶっちぎり一位のお方っすよ！　頭が高い！　伏せ！」

「ひっ！　す、すまないマルカ様！　ネシャト様！」

僕が口を出そうとしたら、先にマルカが割り込んでカレンを離した。……マルカちゃんランキングって何？　マルカと仲のいいお友達ってことだろうか。

ともあれ、一旦離れたことでネシャトもほっと落ち着いたようだ。入れ替わりにマルカがべたべた抱き着いてるけど、こちらは魔力体操のストレッチで慣れているのか問題ない様子。

「ええと、まぁその、私でよければ資料探しのお手伝い、します……けど？　クラスメイトです、し」

「そうか！　助かる！」

「ネシャト、いやなら断ってもいいんだぞ？」

「いえ、その……く、クラスメイトとも親交を深めておけば、その、あれです。来期の実技授業で二人組作る時に困らないかな、と思いまして……ただでさえ、今期は授業免除で人付き合いが減ってるので……」

なるほどな。ネシャトにそういう目論見《もくろみ》があるなら、むしろ止めるのは野暮《やぼ》だ。

「分かった。カレン、あまりネシャトに迷惑かけるんじゃないぞ」

「もちろんだともお師匠様！」

そう言って、カレンとネシャトは書庫の方へと向かって行った。

僕は僕で、冒険者ギルドの方に行って情報収集してこようかな。

＊　＊　＊

翌日、僕の家にて。ここのところすっかりマルカにカレンの訓練を任せて寛《くつろ》いでいたが、その訓練に進展があったらしい。庭の訓練場へと呼び出された。

「おお、見てくれ、お師匠様!!」

そこには、まるでレンズだけの眼鏡《めがね》みたいな透明な板を付けたカレンがいた。……いや、これ、結界魔法か？　ほんのり光る板状の結界が眼鏡レンズのように、文字通りカレンの目の前で浮いていた。

「……結界魔法だね？」

「そうだ！　いやぁ、お師匠様の言っていた通りだったな。私には特殊系統、結界魔法の才能があったのだ！」

得意げに胸を張るカレン。

「……僕そんなこと言ったっけ？」

「む、言っただろう？」

「馬鹿っすねぇ、カレン。師匠はカレンに自信を持たせるためにカレンの手柄にしてあげようって言ってるんすよ！」

「あ、そういうことか！」

どういうことなの？　と思ったけど納得しているみたいだから深くツッコまないことにしておく。

「……結界魔法が使えることについて何か心当たりとかある？」

「そういえば、キサラギ一族の始祖は夫婦で化け物を封印したという話があったのだ。というか母が結界魔法の使い手だ。……あ、里にはその祠《ほこら》があるぞ。言い伝えではこの封印が破られし時、世界が滅ぶとかなんとか……」

「うん、おもいっきりそれだね？」

おそらく魔眼持ちと結界魔法使いの夫婦が協力してモンスターでも倒したのだろう。割とその手の言い伝えは事実を元にしていることが多いのだ。多少は誇張されるが。

「むしろそれでなんで結界魔法のことノータッチだったのさ……」

「里では、魔力視をまったくできない者が結界魔法の使い手、という常識があったのだ。お師匠様がヒントをくれるまですっかり意識から外していたぞ」

したり顔で頷《うなず》くカレン。

「お師匠様のおかげで、私に結界魔法が使えることが分かった。これは大いなる前進だ」

「あ、うん。ところでなんで眼《め》に結界貼ってるの？」

「……これしかできないのだ。私の魔力は眼に集まっていて、先日ようやく眼の少し外まで魔力を動かせるようになったばかりだし。多分、魔力操作の訓練をしていなかったら完全に眼球に張り付いていただろうな」

「そういうことか」

微妙に魔力操作の訓練を指示したことが役に立っていたらしい。

「ただ問題はこれが放出型ではないという点だな……試験では十メートル先の的に魔法を

当てねばならぬのだが……」

カレンはがっくりと肩を落とす。一応体の外には出ているが、せいぜい眼鏡《めがね》くらいの距離までしか離せないらしい。これでは射程ゼロと変わらない。眼を保護することはできても、放出系とは認められまい。

目と結界の間はせいぜい一センチといった距離。このままでは試験の突破は絶望的。だが、僕的にはとても理想的な状況だ。なにせ成果を上げつつもダメでした、という、いかにも手を尽くした感があるからだ。

「そんなの簡単っすよ！」

しかしマルカがそう言い切った。

「え、簡単なのか？　マルカ様？」

「要は、魔法をぶっ放せればいいんすよね？」

そしてマルカはカレンの顔に手を伸ばし——

「これを！」

眼鏡のような結界を掴《つか》んで、

「こうして！」

ブチッと引きはがして、

「こうっす！」

投げた!!　カカシに向かって!!……結界はカカシにあたってぱちんっと消えた。

「……ねぇまってマルカ。今何した？」

「え、見ての通りっすけど？」

見て分からなかったから聞いてるんだけど。

「結界って触れる『モノ』じゃないっすか、なら掴《つか》んで投げちゃえばいいんすよ。当てるだけなら別に威力は関係ないっすよね？」

「……確かにそうだね？　威力は評価対象外、か」

マルカめ、よく顔にくっ付いてる結界を力づくで剥《は》がして投げるなんてとんでもないことを思いついたな。魔力だけじゃなく、発想力も規格外だ。……よく考えたらマルカも魔法使うときは落とすとか転がすとか、魔法制御に頼らない方法で自分から離している。その発展型か。

「す、素晴らしい！　目からウロコですマルカ様！」

「あっはっは！　何言ってるんすか妹弟子！　妹弟子が目から出すのは結界っすよ！」

誰がうまいことを言えといった。

……って、あれ？　もしかして、カレンの試験対策、解決しちゃった？

「よぉし！　それじゃあ今度は私が自力でやってみよう！――防げ、防御結界！」

そうして再び眼鏡《めがね》のような結界を出すカレン。

「ふんっ！」

ぶちっと結界を力づくで引きはがし、ぶん投げる――カカシには当たらなかった。しかも届かなかった。

「……これは練習しないと駄目だな。十メートルは結構遠いぞ」

「幸いまだ時間はあるっす！　頑張って頑張るっすよ妹弟子！」

「むしろマルカ様は良く当てられたものだ……」

「スリケンの要領っすよ！　昔師匠と作って遊んだっす！」

スリケン！　それは手の裏に隠す投擲《とうてき》用の特殊形状ナイフだ。もっとも、かつて作ったスリケンはご先祖様の手記にあったオリガミの紙スリケンというもの。ただの玩具《おもちゃ》だ。

「あー、アレかぁ。そんなこともあったな、懐かしいね」

「久しぶりに作るっすか？　妹弟子の練習用にはちょうどいいっすよ」

「……そうだね」

かくして、カレンに奨学生試験合格への希望が見えてきた。見えてきてしまったのだ。

僕の思惑に反して。

「そうか。図書室で昨日調べてたのって、結界魔法の資料だったんだね……」

「ああ！　ネシャトに聞いたら一発だったぞ！」

図書室の主と化しているネシャト。まさに生き字引ということか……恐るべしネシャト。

「……ネシャトの研究、魔石を結界魔法で閉じ込めるってのも試してみる価値がありそうだな。カレン、そのうち実験を手伝ってもらえる？」

「おう、任せてくれお師匠様！　私にできる事だったら何でもするぞ！」

言質《げんち》とった。こうなったら、むしろこれで良かったんだと思うために結界魔法をしっかり習得してもらうとしよう。

＊　＊　＊

試験の日がやってきた。場所は実習も行う校庭で、特に観客が居たりはせず単に的になるカカシが立っているだけ。試験官の先生立ち合いの元、十メートル以上離れた場所からカカシに魔法を当てれば合格だ。

準備を万全に終え、僕らは先生を待っていた。

「……お師匠様。もし試験に落ちたら、奴隷になった私を買ってくれよ？」

「ああうん、まぁ、うん」

緊張した様子でカレンがそんなことを言ってきた。これで試験に落ちてくれたら優秀なアシスタントが手に入るだろうけど、僕はそうなるとは思わなかった。

なぜなら、カレンが結界魔法を覚えてから一週間。ひたすらにスリケンで練習しまくった成果がばっちり出ており、十回中五回は十メートル先の的に結界スリケンが当たるようになったのである。

「大丈夫っすよ妹弟子！　妹弟子なら一発合格間違いなしっす！」

そして試験は一回チャレンジではなく、MPが尽きるまで挑戦可能なのである。……眼《め》鏡《がね》モドキ結界の消費MPは5。カレンの目にあるMPは95なので十九回も投げられる。まさに盤石《ばんじやく》だった。

試験が始まる直前になり、試験官の先生がやってきた。僕達《たち》一組の担任教師であるエーリン先生だった。

「さて、奨学生試験を行います……タクト君とマルカさんではないですか？　タクト君達は奨学生ではなかったと記憶していますが」

「なるほど。サカッチ教授からも伺っていましたが、カレンさんがタクト君の弟子になった、のは本当だったようですね」

「そうっす、自分の妹弟子っすよ！」

ふふん、と最近面倒を見ていた分得意げさに拍車がかかったマルカ。

「今日はサカッチ教授も付き添いに来ると言っていましたが……あ、丁度来られたようですね」

と、丁度そこに白衣を着た恰幅《かっぷく》の良い男性教師、サカッチ教授がやってきた。

「オヤオヤ！　これはオクトヴァル特級魔導士ではないですかナ！　試験の付き添いですかナ？」

「教授こそ、奨学生試験を見に来たんですか」

「ですゾ。なにせアレの、吾輩《わがはい》の可愛《かわい》い研究員の大事な大事な試験ですからナ。実験を中断して見に来たんですゾ」

ククッ、と笑うサカッチ教授。研究員、というのを強調したのは僕への牽制《けんせい》だろうか。あくまでカレンは自分のものであると。

「あ、付き添いです」

「サカッチ教授――いや、サカッチ！　私はこの試験に合格し、貴様の呪縛から逃れてみせる！　刮目《かつもく》して見よ！」

「……ン？　あー、アー……？　オクトヴァル特級魔導士？　アレは何を言っているのですかナ？」

サカッチは首をかしげてとぼけたように僕に尋ねてくる。

「まぁ、試験を頑張るってことじゃないですかね？」

「オオー！　頑張るんですゾー！」

と、サカッチ教授は気楽そうにカレンに手を振った。

「ところで、試験官ってサカッチ教授じゃないんですね」

「当たり前ですゾ？　アレの推薦人である吾輩が試験官などしたら不正し放題ですゾ。あくまで公正に試験は行われるべきですゾ？　吾輩にできるのは誰に試験官を頼むか選ぶことくらいですゾ。なので、エーリン女史に頼んだのですゾ」

となると、もしやエーリン先生はグルなのだろうか……あの真面目《まじめ》な先生が？

「楽しみですゾ！」

ニヤニヤとなにやら企《たくら》んでいそうに見える笑み。まさか妨害でもするつもりだろうか、と僕は身構え――あ、いやまてよ？　それならそれでアリだな。なにせ先程奴隷になったら買ってくれと頼まれたばかり。むしろ好都合だった。

「皆さん、そろそろ試験をするので離れていてくださいな」

「はい。分かりました。じゃあ頑張れよカレン」

「ここが頑張り処《どころ》っすよ！」

「頑張るですゾー！」

特に文句も言わず、サカッチ教授と共に試験を見守ろう。

＊　＊　＊

結果、カレンは試験に合格した。

というかカレンの結界スリケンは一発で的に当たった。拍子抜けするほどあっさりと。

エーリン先生も「はい、合格ですね」と軽い感じで名簿に書き込んでいる。

「おっ、やったっすね！　さすが師匠の二番弟子っす！」

あれ、妨害は？

そう思ってサカッチ教授を見ると、俯《うつむ》いてワナワナと震えている。まさか、何の企《たくら》みもしていなかったというのだろうか。わざわざエーリンに頼んだ意味は？　読めない。まったく意図が読めない。

「ハーッハッハッハ！　見てくれたかマルカ様、お師匠様！」

俯いて震えるサカッチ教授を見つけたカレンが得意げな顔でこちらにやってきた。

「残念だったなサカッチ！　これで私は奨学生を続けられる、奨学金ももらえる！　貴様の思い通りにはならんぞ！」

「すンばらしいですゾ！　よかったですなアレ！　自分の推薦したアレが奨学生失格にならずにすんで、吾輩《わがはい》も安心したですゾ！」

顔を上げて満面の笑みで喜びを表現するサカッチ教授がそこにいた。……これっぽっちも悔しそうな感情は見つけられない。

「……はえ？」

「ム？　どうしたのですかナ？」

「いやあの、もっとこう……悔しがるとか？」

「なんでですゾ？　アレが試験をクリアしたのニ？」

はて？　と首をかしげるサカッチ教授。

「奨学金を立て替えることにならずによりですゾ！　がんばりましたナ、アレ！」

バンバンと背中を叩《たた》きカレンを褒めるサカッチ教授。

「ちょ、痛いぞサカッチ!?」

「オットト！　すみませんゾ」

そしてサカッチ教授はぐりんっと僕に向き直った。手を握られる。

「オクトヴァル特級魔導士。一時はドウなるかと思ったがアレを助けてくれて感謝ですゾ！　まさかアレに結界魔法の素養があったと驚きですゾ！　そしてソレを投擲《とうてき》するなど素晴らしきかナ！　オクトヴァル特級魔導士のアイディアですゾ？　まったくオクトヴァルにしておくには惜しい人材ですゾー！　まさに天才魔導士ですナ！」

感謝だった。ぶんぶんと上下に手を振られて、え、なにこれ？——と思っていると、こそっと耳打ちしてくる。今度こそ嫌味《いやみ》か、と身構えると、

「……オクトヴァル特級魔導士はオータムエンドかリングブルムに婿入りして、教員側として学園に所属すべキではないですかナ？　吾輩《わがはい》、オクトヴァル特級魔導士をタクト氏と呼びたいですゾ！」

ただの勧誘だった。

「……一応、次期当主なので教員はちょっと」

「おおっと。さすが特級魔導士ですナ！」

とりあえず断っておく。しかしサカッチの話し方に違和感がある。いや、そもそも最初からサカッチの話し方には違和感しかないのだが、どうにも『アレ』の使い方に違和感が

あるというか。

「おいサカッチ！　そろそろ私をアレ呼ばわりするのはやめてくれないか!?　いい加減不快だぞ！」

試験に合格したことで気の大きくなったカレンが、サカッチ教授に詰め寄る。

「ン？　吾輩、親御サンにも頼まれてますゾ。つまり、学園特区では吾輩がアレの親代わり！　名前で呼ぶのは当然ですゾ！」

「んん？　名前、だと？」

「エ？　ですゾ？」

首をかしげるカレンとサカッチ教授。

「待て！『アレ』が名前とはどういうことだ、私の名前はカレンだぞ!?」

「えっ？　違うのですかナ？」

「もう一度言う！　私の名前はカレンだ！」

「カレン？　おりょ？　親御サンも『アレを頼む』と言ってたではないですカ。吾輩ちゃんと覚えてますゾ！」

ずびし！　とサカッチ教授は、カレンに指を突き付ける。

「え、っと……ちょっとまて。…………………………ああ！　そういえば言った！　確かに父上がそう言ってた！　だがそれは名前じゃないぞ!?」

「アイェエ？　ソレに契約書だって……」

胸元から契約書を取り出すサカッチ教授。以前見せてもらった契約書だが……やはりなぜか持ち歩いているらしい。

「ほらココにしっかりと『アレ・キサラギ』とかいてありますゾ!!……アッ」

くるりと体の向きを変えて、契約書を恐る恐るこちらに見せるサカッチ先生。

「オクトヴァル特級魔導士。コレのココにはなんと書かれておりますかナ？」

「……一応、『カレン・キサラギ』と書かれていますね。文字が汚いですが」

「そ、そんな汚くはないだろ！　ちょっと個性的なだけだ！」

いや汚いよ。めっちゃ汚い。他人に読めない程に個性的な字は、暗号っていっても差し支えないんだぞ。

「うわっ妹弟子字ぃ汚いっすね！　これは仕方ないっすよ。アレ・キサラギっすよ」

「マルカ様まで!?」

ショックを受けるカレンに、ついでにエーリン先生も覗《のぞ》き込む。

「……ああ。これはサカッチ教授には読めなくても仕方ないですね」

「エーリン女史まで！　ナ、ナ、ナント!?　『アレ・キサラギ』ではなかったト!?

これは失礼したですゾ！　翻訳魔法は手書き文字に弱いのですゾ！　しかし大事な生徒の名前を間違えてしまっていたとは……ショックですゾ！」

こちらもショックを受けて、地面に倒れ込む勢いだ。

「……翻訳魔法？」

「吾輩《わがはい》、実は古代文字以外の字はマトモに読めないのですゾ！　幼き頃から古代魔法の研究をすると決め、古代文字を間近に生きてきましたからナ……普段は翻訳魔法で古代文字に変換して読んでいるのですゾ。おっと、皆にとっては逆変換ですかナ？」

「な、なぜそんなことを!?」

「古代文字ネイティブでなければ理解が及ばぬ書物や詠唱があるのですゾ。おかげで、発声も変とよくいわれますゾ。ね、エーリン女史」

エーリン先生は、事情を把握済みのようで。うんうんと頷《うなず》き肯定した。

「はい。本当に、サカッチ先生はオータムエンドらしい人ですね。まだマシですが」

「……ああ、オータムエンドだから……え、これでまだマシなんですかエーリン先生？」

それは、オータムエンドの変わりまくった性質であった。研究者ゆえに。

「スプーン片手にカレンの目玉を抉《えぐ》り取ろうとしたって聞きましたが」

「エエ!?　イヤイヤイヤ、そんな恐ろしいことしないですゾ!?　何の話ですかナ!?」

首をぶんぶんと振って否定するサカッチ教授。

「なっ、私が先生に助けを求めた時に、目玉をよこせと言ったではないか！」

「ム……あの時ですゾ？　そういえばちょうどオヤツのプリンを食べていたときですナ。別に、吾輩《わがはい》目を差し出せとは言ったけど、あの場で取るツモリはなかったですゾ？」

「ええ？」

心外ですゾ！　と肩をいからせて憤慨してみせるサカッチ教授。

「まったくもう、常識で考えてほしいですゾ。人体は繊細で大切な素材なんだから取り外すならばちゃんとした医療機関で取り扱うに決まってるではないですカ。あのような場所でスプーンで抉《えぐ》る乱暴をしては回復魔法でも元に戻せなくなる危険がありますゾ。ねぇオクトヴァル特級魔導士？」

「えっ、あー、そうです、ね？　え、じゃあ何をしようと？」

「そうですゾ！　吾輩はただ、目からビームを撃つ魔眼に改造してあげるツモリだったんですゾ！」

め、目からビーム!?　光魔法!?

「魔眼でしか魔法が使えないなら、魔眼を改造すればイイのですゾ！　ビーム放出の魔法に改造できれば、アレ……カレンも奨学生を続けられて、万事解決したハズですゾ！」

「……ということは、先生は純粋に厚意として言ったことだったと？」

「無論ですゾ？　ナニを当然のコトを」

「……なぜビームなんです？」

「目からビームはロマンですゾ？　しかもビームを抑えるために眼帯もつける予定だったんですゾ！」

「確かにそれは興味深いです」

「おお、お分かりいただけるかオクトヴァル特級魔導士！」

うん、カッコいい革の眼帯はロマンだ。眼帯をめくれば色の違う目が、そしてビームも出るとは。なるほど素晴らしく思えてきた。

「待て待て待て!!　大事な目をそんな改造されてたまるか!?　この目はキサラギの誇りなんだぞ!?」

かくして、そのあたりの勘違いも解消された。まぁ、要するに。カレンの勘違いが発端になっていた、ということだろうか。

「カレン」

「い、いや、なんかおかしいと思ったんだが……その、まぁなんだ」

「師匠……妹弟子はほら、馬鹿っすから」

「マルカ様ぁ!?」

そして、サカッチ教授は善良な先生であることが唐突に判明した。……ただ、ちょっとズレていただけだったのだ。色々と。僕もカレンから話を聞いて色眼鏡《めがね》で見ていたことを反省しよう。僕もちょっと邪推しすぎた。ただ、カレンはもっと最初からしっかりコミュニケーションとっておくべきだったと思うんだよ！

「さて、それでは試験も終わりましたので私はこれにて。……中々面白い茶番でした」

と、笑顔のエーリン先生が校舎へと帰っていく。

「……ではお師匠様！　私はちょっくら手続きに行ってくる！」

「おっと、それなら私もお祝いパーティーの準備をしてくるっす！　妹弟子、今日はハンバーグっすよ！　おかわりも許可するっす！」

そう言って逃げるように場を離れるカレンとマルカ。残される僕とサカッチ教授。

そうだ、ついでにこれも先んじて謝っておこう。

「……あの、奴隷に落として同意を得る必要なく人体実験する、みたいな手を考えてると思ってました。すみません」

「おりょ！　そんなコトを考えていたのですかナ！　ハッハッハ、そんなコトして学園の悪評が立ったら大損ですゾ！」

「ですね、はっはっは」

二人して笑いあう。よかった、悪い先生はいなかったんだ。

「フフフ、オクトヴァル特級魔導士も案外抜けてるのですナァ。奨学金ほどの金を用意せずとも、今のキサラギの里にはいくらでも、お手頃価格で片目くらい売ってくれる輩《やから》がおりますゾ？　魔力視は片目で十分機能しますしナ、代わりの目を用意しておいてやれば確実ですゾ」

「えっ、あ、ハイ？」

「アレ……じゃなかった、カレンを預かりに行った時に、里長《さとおさ》の弟からキサラギの魔眼を入手済みなのですゾ！　故にビーム化の目途《めど》もちゃんと立っていたのですゾ。大事な生徒で人体実験なんてするわけナイですゾー？」

サカッチ教授は、ぱちんとウィンク。えっと、つまり『大事な生徒』には迂闊《うかつ》に手を出さないってことですか。そうですか。

「もし奴隷落とするならバ、もっと貴重ナ、悪評が立ってでも手に入れたいユニークな才能相手に使うべきですゾ？　損得を考えられるのが大人というものですゾ。無論、悪評はないに越したコトはないですゾ」

「……そーくるかぁ」

サカッチ・オータムエンド。彼は、研究のために適切な手段を選ぶ男であった。まさしくオータムエンドの研究者であり、割と力でゴリ押しする傾向のある僕の祖父、ダストン・オクトヴァルとは気が合わない人物であること間違いなしだった。

#Side 図書室

奨学生試験のあったその日の午後。今は授業免除の時間でもなく、それなりに利用者がいる図書室。そこに、赤髪の女性徒――カレンが喜色満面でやってきた。そして、物静かに読書をしている青髪のクラスメイト、ネシャトを見つけて駆け寄った。

「ネシャト！　ありがとう、試験受かったよ！」

座ったままのネシャトは圧を感じて若干身体《からだ》を引いて距離を取るも、さらにずいっと詰められる。

「そ、それは、よかったです。あの、図書室ではお静かに……」

他にも利用者がいるのだから大声は控えて、と言うとカレンは嬉《うれ》しそうな笑顔のまま頭をポリポリとかいた。

「おっとすまない。嬉しくてつい、な」

あまり反省したようには見えないが、少しだけ引き下がってくれたので良しとする。

「約束通り、今後実技でペアを作るときは優先して組もうじゃないか。連絡先も交換しよう、何かあったら私を呼ぶと良い。私達《たち》は友達なんだからな」

「えっ、あ、はい、よろしくお願いします……え、えっと、友達料はいかほど……？」

「友達料？　なんだそれは。友達になるのに金がかかるのか？」

首をかしげるカレン。

「いや、その、私が払う、というか……」

「侮るなよネシャト。確かにウチは貧乏で落ち目だが、友達から金を恵んでもらうほど落ちぶれてはいないぞ！　奨学生試験も合格したしな！」

そう言い切るカレンに、ネシャトは友達料というのは都市伝説の類《たぐい》だったらしい、と認識した。だとすれば、とても失礼な話をしてしまった。

「す、すみません。てっきり、払うのが普通かと……ああ、タクトさんにも謝らなきゃ」

「ははは、ネシャトは頭は良いのに馬鹿だったんだな。友達であることに金銭のやり取りが発生するなら、それは『友達役』の役者と雇用主って関係じゃないか。パトロンになるならともかく、役じゃない友達に金銭は要らんだろ」

「い、いいんですか？　私なんかが……タダで友達なんて……！」

「いいに決まっているだろ！……それに、お師匠様の未来の妻から金なんてとったらマルカ様にぶっ殺されるからな」

「……み、未来の妻？」

突然のその言葉に、ネシャトは動揺した。

「おっと？　マルカ様のランキング一位だと聞いていたのだが」

「そもそものランキングってなんですか？……いえ、話の前後を考えれば、タクトさんの妻候補ということ、なんでしょうけど」

「うむ。大正解だ！　だが、ネシャトもまんざらでもないんだろ、先日お師匠様に『愛してる』とか言っていたではないか。流石《さすが》に図書室に入るのが躊躇《ためら》われたぞ」

「え……あ。聞いてたんですか。や、その、違うんです。誤解です」

とんでもない勘違いだ。ネシャトは顔を赤くしてフルフルと首を横に振り否定する。

「誤解？」

「はい。あの時私が愛してると言ったのは、杖《つえ》職人のタットル氏です」

タットル氏が正体不明の杖職人であることを説明すると、カレンは「なんだ」とつまらなそうに口端を下げた。

「杖職人といえば隠居老人じゃないか。ネシャトはジジ専というやつだったのか？」

「ち、違います。私はタットル氏の杖を愛してるだけです」

「顔が乙女だが？」

ばっと顔に手を当てるネシャト。手に、頬熱《ほおねつ》がじんわりと伝わった。

「……いやその、憧れが強くて」

「ふふん、顔も知らない相手にその様子では、本人に会ったら卒倒しそうだな」

「くっ……否定できません。まぁ、その、つまり私はタクトさんの妻にはふさわしくないでしょう」

そう言って胸を張るネシャト。謎の自信である。

「なら安心だな。私は引き続きお師匠様の正妻の座を狙うとするか！　あ、もちろん私が正妻になってもネシャトは私の友達だからな？」

腕を組んでふっふっふ、と企《たくら》んでる風で実は何も考えていないカレン。

「財産狙いとなるとマルカさんがタダじゃおかなさそうですね」

「……そういう考えが無かったわけではないが、今は違うからな！」

「そうなんですか？」

「当たり前だ。私を弟子にして試験に合格させてくれた恩義がある。お師匠様は素晴らしいんだぞ？　あれこそ理想の師匠というものだろう。最初から私の素質を見抜いていたようだしな！」

「ほう？　詳しく」

いつしか、二人の声は大きくなっていた。静かな図書室で、しかし注意もされず。当然その話はばっちり他の利用者に聞こえていた。魔導学園の生徒達《たち》にとって、特級魔導士であるタクトの情報は、図書室のルールより優先されるものだったのだ。

十分に情報を垂れ流した後、ネシャトとカレンはようやく見回りの司書に注意された。

——その数日後。タクトは奇妙な噂《うわさ》を耳にすることになる。

「奨学生試験不合格確実だったカレン・キサラギが試験に合格したのは師匠のおかげ」

「カレン・キサラギは、結界魔法に目覚めたらしい。師匠が見抜いたそうだ」

「とある特級魔導士がカレン・キサラギの才能を的確に伸ばし、本来間に合うはずのなかった試験に間に合うよう仕上げてみせた」

「カレン・キサラギに万一の事があっても絶対に面倒を見てくれると約束した。試験で一発成功したのは、師匠が緊張をほぐしてくれたおかげ」

「あとワイバーン狩りに連れてかれたのも度胸が付いた要因」

「慧眼《けいがん》の魔導士、タクト・オクトヴァル」

要約するとこんな感じの噂だった。そう。魔導学園の教師が匙《さじ》を投げるほどの落ちこぼれを、タクトが短期間でちゃんとした魔導士見習いへと鍛え直してみせたという。噂なのでさらに尾びれ背びれが付いているわけだが、かなり事実に基づいていた。

尚《なお》、これらの噂《うわさ》はタクトのもう一人の弟子、マルカが積極的に肯定しているらしい。マルカもまた、授業の度に驚愕《きょうがく》の魔力量を見せつけてきたりしているため、とんでもない存在と噂されている。割と傍若無人なカレンがマルカには様付けで大人しく従うらしい。そのマルカが、従順にいう事を聞くタクト・オクトヴァル特級魔導士。

カレンが実際に奨学生試験を突破した実績と併せて、これはタクトの「師」としての能力が凄《すさ》まじいのではないか。と注目されることになった。

「……どうしてこうなった……？」

「？　どうかしましたか、タクトさん」

「いや、なんでもないよネシャト」

そして、タクトが更に注目される事態の一端を担ったのが目の前のネシャトだとは、タクトの慧眼《けいがん》をもってしても気付かなかったそうな。

――Ｓｉｄｅ　ＥＮＤ＃

第三章　親御さんに挨拶しよう。（ダメ叔父も居るよ）

「お師匠様！　お願いだ、今度の連休に私の実家に来てくれ!!」

カレンがずざざっと土下座してそう言った。昼休みの教室で。

「ちょ、何してるんだ、場所を考えてくれ」

「来てくれるというまで頭を上げない所存だ!!」

カレンの土下座が安いのは今更だけど、場所が悪い。昼間の教室ということは当然一組のクラスメイトが見ているということだ。弟子であるということは周知されているが、弟子に土下座させる男という悪評で有名になってしまう！

「お師匠様には責任をとっていただきたいのだ！　もう一度言う。今度の連休に両親に会ってくれ！」

再びの宣言に、ざわっ、と周囲の視線がこちらに集まる。両親？　なんで両親？

「……な、何の話だ責任とか。とりあえず頭を上げてくれ」

「来てくれるのか！」

「いや、まずは頭を上げて事情を説明しろと言っているんだ。何も知らないで行くも行かないも判断できないしさ」

「ただ私を信じて、行くと言ってくれればいいのだが？」

どうやらカレンは僕に判断させる気が無いらしい。詐欺師の方がまだ納得できる説明をしてくれるだけマシかもしれない。

と、ここでマルカがずいっと割り込んでくる。

「おう、何言ってんすかカレン？　師匠が話せって言ってんだから話すっすよ？」

「はいっ！　マルカ様！　実は私、巫女《みこ》だったんだが……その……」

マルカの発言にあっさり従い、カレンは顔だけ上げて正座の姿勢を崩さず話し始め、まるで人前で言うのは恥ずかしい秘密を話すかのようにもじもじと恥じらった。

……周囲からの声が聞こえてくる。

「巫女だったのに、巫女じゃいられないようなことを……!?」

「責任をとって、両親に会ってほしい……ということはつまり……」

「やはりあの身体《からだ》を好きにしてるという噂《うわさ》は本当だったのか……うらやまけしからん！」

……とんでもない風評被害が生まれようとしている!?　これはすぐにでも事情を聴いて誤解を解かねば！

「早く続きの事情を話してくれ！　僕は特にやましい事をした覚えはないぞ！」

「ええっ、こ、ここでか!?　そんな、恥ずかしいぞお師匠様……」

「師匠がここで話せって言ってるんだからさっさと話すっすよ！」

「はいっ！　マルカ様！」

マルカの援護もありカレンはようやく事情を話し始めた。

「えー、実は実家に魔龍の封印があるのだ。そして先日、師匠のおかげで私が結界魔法を使える巫女だったと判明したわけだが」

なんだ、どうやら変な話じゃないらしい。とクラスメイト達《たち》は興味を半減させた。僕もほっと一息つく。いや、やましい事は何一つなかったからね。……奴隷落ちさせようとしていたことは誰にも言ってないハズだよね？

「ほんと身内の恥で恥ずかしい話なんだが……曰《いわ》く、実家から『叔父さんが自棄《やけ》になって魔龍の封印を解こうとしたので、封印が緩んじゃってる。ちょっと帰ってきて封印の手伝いをしなさい』と……」

「えっと、それが僕に何の責任が？　勝手に帰ればいいじゃないか」

「……叔父が自棄になったのは、その、お師匠様のせいで仕事が……」

キサラギ一族。つまりカレンの叔父もまたステータス魔法の犠牲者。それで間接的に僕に責任があるというわけである。

「言いがかりにも程がある……」

「それにお師匠様は私に結界魔法を習得させてくれただろう？　その事を親に伝えたらお

礼も兼ねて連れてきなさいと言われてな」

「……カレンの努力だよ。僕は何もしてないよ」

実際、僕は何もしていない。カレンが勝手に習得したのだし、僕の責任はないと思う。

「だがお師匠様が居なければ私は今頃奴隷落ち——という事はなかったらしいが、していてもおかしくなかったんだ！　ぜひ来てくれ！　な！　頼む！」

そう言ってカレンは再び頭を下げた。

「ちょ、だからそれはやめてくれってカレン。そろそろ昼休みも終わるし……」

「いいや！　お師匠様が来てくれるというまでもう頭を上げない！　さもなくばあることないこと言いふらしてやる！」

「それ言ってる時点でクラスメイトの皆が僕に非がない事を証明してくれるんじゃないかな」

「この通り！　責任を取って、私の両親に会ってくれ!!」

そう言った瞬間、午後の授業のためにエーリン先生が教室に入ってきた。僕に向けられる何かを察したかのような冷ややかな視線、いや、これはそろそろ授業開始なので弟子を何とかしろという視線だろうか。ああもう。

「分かった、行く。行くから！」

「よし！　言質《げんち》とったぞ！　では私も授業があるからまた後程な！」

晴ればれとした顔でカレンは教室から出て行った。その足取りは軽く、スキップしそうなくらいで。

「良かったんすか師匠？」

「しかたないさ。カレンがあれほど言うんだし。……それに――」

――どうせ連休に遊ぶ予定も入っていないボッチだったし。

「それに？　何かあるんすか？」

「いや、なんでもないよ。忘れてくれ」

首をかしげるマルカに、僕は手を横に振って否定した。いや、うん。中級龍の情報が入った時にすぐ動けるように予定を入れてなかっただけだし。友達いないわけじゃないし。

「了解っす！　三、二、一、ぽかん！　忘れたっす！」

かくして、僕らはカレンの故郷、キサラギの里へと行くことになった。

＊＊＊

連休が始まった。祝日やらが重なり五連休となるわけだが、オクトヴァルの領地に帰るには少し短い。一方、キサラギの里は一日で行けるため三日程滞在できる見込みだ。

「本当ならこの連休に色々と研究を進めるはずだったのになー」

「まぁまぁお師匠様。そう言わないでくれ。ほらあれだ、環境が変わることによるインスピレーションというなんとかかんとかがあるだろう？　むしろ良い結果になるさ」

絶対に根拠なく能天気に笑うカレン。僕は、やれやれとため息をついた。

ちなみにキサラギの里は未《いま》だ学生証システムの圏外であるため、メッセージのやり取りもできなくなる。まぁ、メッセージをやり取りする相手はマルカとネシャトくらいしかいないから何の問題もないんだけれど。

「研究のために魔石を用意するはずだったんだけどなぁ」

「魔石なら里に溜《た》め込んでるやつがあるはずだ、金さえあれば買えるぞ」

「……ああ、それなら、カレンが奴隷落ちしたときに引き取るためのお金が不要になったから丁度いいかな？」

「ああ！　なにせ私はお師匠の優秀な弟子だからな！……あ、なるべく高く買ってくれると嬉《うれ》しいぞ。里の財政的に、な？」

ふふん、と胸を張るカレン。まぁ、魔石が手に入るなら研究のためにお金を出すのは問題ない。僕としてはできるだけ安い魔石を多く欲しいところだけど。

「妹弟子が調子に乗ってるっすねぇ。……ここらで一発シメるっすか？」

「そ、それには及ばない！　私はお師匠様に忠誠を誓っている！」

「……マルカが睨《にら》んでいてくれれば大丈夫そうだね」

「うっす！　睨んどくっす！」

「ぴぃ！　マルカ様、魔眼じゃないはずなのに凄《すご》い威圧……ッ！」

道中はそんな感じで、馬車に揺られつつ進んだ。


そうこうして、夕方ごろにキサラギの里へと到着した。

夕日に照らされる里。緑の茂る段々畑や道端の小さな用水路。土がむき出しの道。かやぶき屋根の木造建築や道行く人の服——羽織った布を帯で留める形状——等からは、王都とは別の文化、『和風』と言うらしいそれが感じられる。それはオクトヴァル領にも少し残っている様式と同じで、僕は若干の懐かしさを感じた。

「そういえば今更なんだけど、魔龍の封印って何なのさ？」

「ん？　ああ。我らキサラギの里では、かの有名な魔龍ディーダラを封じ込めているんだ。ほら、子供を躾《しつ》けるときに『悪い事するとディーダラが呪ってくるぞ』ってよく言われなかったか？」

「知らないっすね？　初めて聞いたっす」

「うん、魔龍って単語は知ってる、ってレベルだよ。カレン、それキサラギの里のローカルなやつじゃない？」

「なん……だと……？」

カレンは、普段使っている単語が実は方言だったと初めて知った人のような顔をした。

「で、ではディーダラが『世界を滅ぼしかけた呪殺の魔龍』であるというおとぎ話は？」

「ごめん、そもそもディーダラって名前自体が初耳だよ」

「っすね。魔龍が昔何体かいたってのは大旦那様から聞いたことあるっすけど」

魔龍。それは現存しているドラゴンとはまた別の存在で、より魔法的な生物。おじい様曰《いわ》く、ドラゴンの上位を超えた超常の存在。勇者や魔王と呼ばれる人外の域、英傑でもなければ相対することもできないらしい。

そんな超越者である魔龍が現在その姿を見せないのは、神に滅ぼされたとか、英傑と共に別の世界へと旅だったとか言う話だ。そしてこの話自体も、歴史に詳しい人がギリギリ知っている程度のマイナーなおとぎ話というレベル。

「ウチの里にある封印ってのは、魔龍の一体を閉じ込めてると言われてるんだ」

「言われてる？」

「ああ。なにぶん我らキサラギ一族の祖が封印したわけで、かれこれ数百年前に遡る。それだけの長い間閉じ込められていたとなれば、さすがの魔龍も封印の中で死んでるんじゃないか？　空腹か寿命で」

魔法的といえど生物。であれば、ずっと閉じ込めていたら衰弱もするだろう。

「魔龍が何も食わず、数千年生きるというようなら話は別だがな。魔龍は人を食うとかいう話だから、食べ物が必要なはずだ！」

確かに上級ドラゴンですら数百年が寿命で、それもちゃんと飲み食いする。カレンがドヤ顔で語る説も一理ある。

「……時を止める、みたいな結界だったらまだ生きてるかもよ？」

「そんな結界があるのか？」

知らない。カレンがあまりにも得意げなので、意見の穴を突きたくなっただけである。

「もしそうなら実物を見てみたいね」

時間を止めるなんて結界があるとしたら伝説級だ。まぁ、魔龍自体が伝説のような存在だけど。と僕は夕暮れの赤い空を仰いだ。

話しているうちにカレンの家に着いた。他の家とは一線を画し、漆喰《しっくい》の白い壁に囲まれ、屋敷というに相応《ふさわ》しい屋根瓦のある大きな木造平屋。屋敷の隣に大きな道場も併設されており、敷地内の道には砂利が敷かれていた。

……多少雑草が生え散らかっていたり、漆喰の壁が少しひび割れていたりするのは御愛《ごあい》嬌《きょう》というか、風情《ふぜい》というものなのだろうか。

「ふふん、どうだ。我が家は中々立派だろう？」

「そうだね。多少手入れが行き届いていないみたいだけど」

「……金がな？」

「あ、うん。ごめん」

人の家の台所事情については聞かないのが礼儀である。あまり言うと僕が原因だという話になるし。


「父上ー！　母上ー！　ただいま戻りました！」

玄関の引き戸を開けてカレンが叫ぶ。すると、カレンが十数年歳《とし》を重ねたような美人が家の中からすっと顔を出してきた。

「お帰りカレン。お客様も一緒なのね？」

「ああ母上。以前手紙でお伝えした、お師匠様とマルカ様だ」

「こんばんは、タクト・オクトヴァルです」

「師匠の一番弟子、マナマルカっす！　マルカって呼んでくださいっす」

「キサラギ・サクラ……ああ、サクラ・キサラギです。娘がお世話になっています」

カレンの母と挨拶を交わし、屋敷に上がった。

客間に荷物を置いて、居間で寛《くつろ》がせてもらう。

「そういえばお師匠様は土足禁止の作法を知っていたのだな。サカッチ教授は靴を履いたまま上がろうとしたもんだが」

「ん？　ああ。オクトヴァルにも和風の建物が少しあるからね。神社とか」

仮にも領主一族であるので、地域の祭事で神社の中まで入ったりすることもあった。マルカも僕についてくるため同様だ。

「和風ってのを、ウチのご先祖様も好んでたらしい」

「言われてみれば、お師匠様の黒髪はキサラギの始祖にも通じるな。案外、遠い親戚なのかもしれんな。はっはっは」

カレン達《たち》キサラギ一族の赤い髪は、始祖の妻の色らしい。

和やかに雑談していると、一人の男がやってきた。赤黒い髪。カレンの父親だろう。

「良くいらっしゃった、客人。カレンが世話になっている。キサラギ家当主、ゲンジ・キサラギだ。この里の長《おさ》でもある」

再び自己紹介の挨拶を行ったところで、ゲンジが頭を下げた。

「タクト殿。カレンに結界魔法の才があると見抜いてくれて感謝する。おかげで里は救われた」

「え、いや、僕は何も。カレンさんの努力ですよ」

「いや。カレンの事だけではないのだ」

そう言ってゲンジは首を振り、説明してくれる。

「これまで、このキサラギの里において、結界魔法は希少であったのだよ。なにせ、この里に生まれながらも『魔力視が使えない者』が巫女《みこ》——結界魔法の使い手であると認識されていたのでな」

カレンからの報《しら》せを受けて、改めて里の者が結界魔法を使えないのかを試してみたという。すると、里の者のうち半数が眼《め》を通じて結界魔法を使えるということが判明した。カレン同様『やったらできた』というわけである。

「……まさか眼から結界魔法が出せる、という発想は無かった。巫女のように使い物になるのはまだ先だろうが、それでも結界魔法が使えると使えないでは大違いだ」

「へぇ、それは興味深いですね。魔力視の能力が弱い人ほど、強力な結界が使えたり？」

「言われてみればそういう傾向があるな。俺はまったく使えなんだし」

一方でカレンの母は巫女で、魔力視が使えない代わりにかなりの結界魔法の使い手。カレンはどちらかと言えば父親似ではあるが、ちゃんと母親の才能も継いでいた、と。

「今後、キサラギの里は結界魔法の普及に力を入れ、魔力視はその補助となるだろう。今までは魔力視が使える奴《やつ》が偉い、だったから権威構造がひっくり返るな」

「む？　そうなると父上は里長《さとおさ》ではなくなるのか？」

「いいや、俺が母さんの尻に敷かれるだけ。つまり、今まで通りだよカレン」

フッ、と得意げに笑うゲンジ。まったく格好良くない父親がそこにいた。

「……しかし、まさかあのステータス魔法の開発者が、カレンの師匠になるとはなぁ」

「あー、なんかその、すみません？」

「いや、複雑な心境だが、良いのだ。確かに収入は減ったが……ステータス魔法を使えない赤子の鑑定や、物品に含まれる魔力を視《み》る仕事は残っているしな。そもそもが金で結果を誤魔化《ごまか》していた奴が悪いのだ」

そう言ってもらえると、気が楽になる。

「そういった奴らは君のことを恨んでるわけだが……見方を変えれば君は我が里の膿《うみ》を出し、新たな道を切り開いた恩人――といえなくもないわけだ。だからどうしても直《じか》に会って礼を言いたいと思っていたのだ」

「そ、そうですか。恐縮です」

ゲンジに握手を求められ、握手し返す。……そして、ゲンジはぎゅっと僕の手を痛いくらいに握り、引っ張った。

「で、どうだね？　なんならカレンをこのまま嫁に」

「ち、父上ぇ!?」

「いや、それはちょっと遠慮させていただきます」

ゲンジの売り込みに赤面したカレン。でも断るに決まってるよ？

「なぜだ。これほどまでに器量よしな娘だぞ？　確かに少し気の強くてお調子者なところはあるがそれも愛嬌というものでだな」

「あの、父上⁉　私の意見は無視か⁉」

「いやいや、それは僕には勿体《もったい》ない相手ですね。ハハハ」

物凄《すご》い押し売りを感じる。僕は握られた手をぶんぶんと振り払おうとしたが、ゲンジは一向に放してくれない。

「勿体ないと思ってくれるのか、じゃあぜひもらってくれていい‼」

「いやいやいや、今のは社交辞令なので……性格の不一致からお断りさせていただきます」

「ち、父上ぇ――――⁉」

「お師匠様――――⁉　流石《さすが》に酷《ひど》くないか⁉」

「出会い頭に僕を脅迫して強引に弟子入りした奴《やつ》が何を言ってるんだ？」

僕がそう言うと、カレンはうぐっと言葉を詰まらせた。

「……お前、そんなことしたのか？」

「し、したが！　私も焦《あせ》っていたのだ！　結果的に奨学生の試験に合格できたのだから間違っていないだろう⁉」

「過程は大事にしなさいと言ったでしょうカレン」

「は、母上まで……」

「あ、自分もカレンを奥様呼びするのはちょっと」

「マルカ様まで――――!?　くっ、私の味方は居ないのか……!?」

カレンは悔しそうに眼《め》をそむけた。自業自得《じごうじとく》だろうけれど。

「……すまなかったなタクト殿。君には我々から奪った仕事の分実入りが多いだろうから、婿入りして――いや、いっそカレンを引き取ってもらって孫をうちの跡継ぎに一人拵《こしら》えてくれれば安泰だな、などと思っていたのだが」

そんな事思ってたのか、と僕がゲンジの顔を見て思ったその時だった。

「おい！　カレンの師匠、ステータス魔法の悪魔がここに来てるんだろ!?　文句を言わせろ！　出てこい！　どこにいる！」

なにやら玄関の方から騒がしい声。そしてどたどたと無作法な足音が近づいてくる。田舎の情報網というやつだろうか、相手は僕がここにいると知っているようだ。

「……失礼、身内の恥が来たようだ」

訪問者への対応のために立ち上がるゲンジ。しかしゲンジより先に、招かれざる客が乱入してきた。

「兄貴、ここにいたか！　それにカレンも」

　無精ひげを生やした酒臭い赤ら顔の男の視線に、カレンは胸元を隠し嫌悪感を露《あら》わにする。カレンやゲンジに似た雰囲気の顔だが、よく見ると左右の目の色が違っていた。

「ソウジ。貴様は既に追い出された身分だろう。弟だからと言って勝手に入ってくるな」

「ハッ、兄貴に何と言われようとここは俺の実家だ。何を遠慮することがある？」

　乱入者ソウジ、どうやらその正体はカレンの叔父のようだ。

「ディーダラの封印を弱めた罪、それを追放だけで済ませてやったというのに」

「ふんっ、所詮古臭い迷信よ。里の空気を新しくするとか言いつつあんなお飾りの結界を怖がってる兄貴こそ、頭にカビが湧いてんじゃねぇのか？」

　フンッと鼻で笑うソウジ。そういえばこのキサラギの里にやってきたのは「叔父が結界を弱めたから」という話だった。つまり、こいつが元凶である。

「出ていけ！　客人も来ているのだぞ！」

「おおそうだそうだ、俺ぁそいつに文句があって来たんだよ！」

　僕に突っかかってきそうな勢いのソウジだったが、ゲンジが立ちふさがり止めてくれた。肩越しに僕へ酔いの回っている顔を向けてくる。

「おのれタクト・オクトヴァル！　貴様のせいで一族の安泰が！　たまに眼《め》に力を入れて適当なこと言ってるだけで、お金がもらえてチヤホヤされる生活が台無しだ！　何とか言ってみろこら！」

「……それはさすがに自堕落すぎやしないかな？」

「うるさい黙れ！　この悪魔が！」

何とか言ってみろとか言うから答えてやったのに黙れとは酷《ひど》いな。僕はそっと黙ることにした。酔っぱらいの剣幕《けんまく》が怖かったともいう。

「さーてぇ、悪魔は実際どんなモンなのかねぇ？　ひっく」

そう言ってソウジは右目に魔力を集中させる。目が鮮やかな紅色に変わっていく。

「師匠、下がるっすよ！　ここは自分に任せるっす！」

「おいソウジ！　許可なく人を視《み》ることは――」

「うるせぇ!!　特別にこの俺様が視てやるってんだ、感謝するるん……だ……なぁあああ!?　ひぃいいい！　化け物ぉおおおお!!」

そして、顔を青くしつつ天井を見上げて、何か恐ろしいものを見たかのように逃げ出していった。いや、実際見たのだろう。何せ僕の前にマルカが割り込んでいたので。

「ふっ、師匠にビビって逃げ出したっすね！　ざまぁないっす！　しかし、隠されているハズの師匠の力を見抜くとは……さすがキサラギ当主の弟というべきっすね」

違う、お前を見たんだと僕とカレンは思ったが、そっと口を閉ざした。

「す、すまないタクト殿。キサラギの者として、人の魔力を勝手に視ることは禁止しているのだが……」

「……あ、気にしないでいいです。はい」

そう答えつつ、カレンの事をちらっと見る。『禁止されてるらしいよ？』というアイコンタクトに、カレンはそっと眼《め》をそらした。……あくまでキサラギ一族の禁止事項というだけで実際に処罰されるわけではないようだし、このまま黙っておいてカレンに対する弱みとして使うべきかな。

「ところであのオッサン片目しか光ってなかったっすね」

「そう言われてみれば、左目の色が前と違ったな。父上、何か御存じないか？」

「……ああ、アレは魔眼を売ったんだよ。ほら、カレンを預けてる先生さんいたろ、変なしゃべり方の。カレンを預ける話があった時に裏で取引していたようだ」

どうやらサカッチ教授の『キサラギの魔眼は金で買える』発言は、あの叔父を指した実例だったらしい。

「文字通り身体《からだ》を切り売りしたってわけっすか！　家の金に手を付けないだけまだ健全っすね？」

「いや、以前手を付けたから追い出したのだ。それに眼の代金も随分吹っ掛けてやったと言っていたよ。まぁあれは一応、村でも二番手の使い手だったからな」

ちなみに一番はゲンジらしい。さすが里長《さとおさ》である。……でも吹っ掛けてたのにサカッチ教授にはお手頃価格だったらしいよ？　なんかもう残念極まりない叔父だね。

「ともあれ、弟が不快にさせたな。すまなかった」

頭を下げるゲンジ。

「はっはっは、師匠の恐ろしさを肌で感じて立ち去ったあたり殊勝なもんっすよ！……しかしあんなに酔っぱらってても靴は脱ぐんすね！」

「えっ、見るとこそこ？　あ、いや、お気になさらずゲンジ殿」

「おお、さすがタクト殿だ。俺の事は義理の父と書いて義父《とう》さんと呼んでも構わない、代わりに娘をくれてやろう」

「父上!?　まだ諦めてないのか!?」

「それはそれは……」

僕は苦笑いした。

その後、カレンの母お手製の晩御飯を御馳走《ごちそう》になり初日は終えた。焼き魚に白飯、味噌《みそ》汁《しる》と、畳に似合う和風の食事に大変満足し、僕達《たち》はソウジの事をすっかり忘れて寛《くつろ》がせてもらった。あ、魔石もいくつか買わせてもらったよ、相場でね。

そして翌日。

「カレン、今日から儀式を手伝ってもらいますからね」

カレンの母、サクラが居間で寛《くつろ》ぐカレンににこりと告げた。

「……本当に私などに巫女《みこ》が務まるのだろうか？」

「まだ見習いよ、けれど私の娘なんだし真っ先に色々と叩《たた》き込んであげるから。……それとタクトさんもわざわざありがとうございます。お手伝い、よろしくお願いしますね」

そう言ってサクラはぺこりと僕に向けて頭を下げ、去っていった。

「お手伝い……ねぇカレン。ところで、僕は何で呼ばれたの？」

「ああ！　そうだった、実は強力な助《すけ》っ人《と》として呼んだのだ——マルカ様を貸してくれ」

僕は「ん？」と首を傾《かし》げた。

「聞き間違いかな。もう一度言ってくれる？」

「マルカ様を貸してくれ！　魔法陣を維持するために魔力を注ぐ必要があるんだが、それはもう大量の魔力を注ぐ必要があってな……」

封印のためには大量の魔力が必要で、本当なら五日の連休を全部使って注ぎ込んでも到底終わるような量ではなく、助っ人として誰か魔力の多い人を呼んで欲しいと。魔法学園なら魔力自慢の一人や二人いるだろうと言われていたらしい……それだとクソザコ魔力5の僕は最初から戦力外だと思う。

「……確かにマルカは魔力有り余ってるから適任だろうけど。マルカだけでいいんだったら僕がくる必要なかったんじゃないか？」

「いや、要るだろ！　お師匠様が来なきゃ絶対マルカ様来ないだろ!?　な!?」

確かに言われてみればその通りだけど。家事や家の魔道具の魔力もマルカ頼みだし、一人で家に残されても困る。

ちらりと傍《そば》に控えるマルカを見ると、その眼《め》は僕を見ていた。

「どうするっすか？　自分は師匠の言う通りにするっすよ」

「な。これだからお師匠様は絶対必要だったんだ」

なるほど、と納得してしまった。しかし、一つ疑問が出る。

「そういうのって関係ない人の魔力使ってもいいもんなのか？　マルカに結界魔法の適性がないと駄目とかじゃないの？」

「今回は始祖様が作った結界の維持に使う魔力が欲しいだけだからな、部外者でも問題ない。魔道具みたいなものだ」

なるほど、確かに魔道具なら適性が無くても魔力さえあればいい。

「頼む。特別に本来里の者にしか見せられない封龍結界の魔法陣を見せてやるから！」

「えっ、見られるの？」

「うむ！　本来は魔力視でじっくり見なければ分からない不可視の魔法陣なのだが、魔力を注ぐ儀式中は光るので裸眼で見ることができる。どうだ、見たいか、見たいだろ!?」

伝説級に古い魔法の、実物。一体どんな魔力回路をしているのだろう、そんなの見たいに決まってる。ネシャトとの研究にも役立つかもしれない。

「しょうがないな。マルカ手伝ってやれ。どうせ有り余ってるだろ」

「了解っす！　師匠に感謝するんすよカレン！　ホントなら金とるとこっすよ？」

かくして、魔龍ディーダラの封印強化のための儀式が始まる事になった。


儀式場は里の広場だった。里の大人が集まってがっつり魔力を注ぐらしい。当然、僕は何かをやる必要が無い。というかできない。なので、早速魔法陣を見せてもらいたい旨をゲンジに伝えた。

「タクト殿なら構わんが……手伝ってはくださらんのか？　昨日のソウジの怯《おび》えっぷりを見るに、相当な魔力の持ち主なのだろう？　今日の儀式にも現れないくらいだし」

言われてみればソウジは広場にいなかった。

「あー、マルカで不足だったら手伝いますね。必要ないだろうけど」

「フッ、この程度自分だけで十分って事っすよ！　まー任せるっす！」

マルカがどんっとたわわな胸を叩《たた》いた。魔導士五十人分の魔力がとても頼もしい。やり過ぎて壊すんじゃないぞ。

というわけで、マルカを預けた僕は魔法陣のある祠《ほこら》――手前に赤い鳥居が立っているだけの洞窟――へとやってきていた。ここに、今なお発動中の封龍結界の魔法陣があるらしい。

「こんな誰でも入れそうな場所に貴重な魔法陣があるとか……不用心にも程があるな？」

そんなことを呟《つぶや》きつつ、湿った黒い岩肌に左手を当てて奥へと入っていく。大人二人が何とかすれ違えるだろうという程度の狭い道。人の手も入っていて、壁に魔道具ランプがかかっていて明るいし、別段歩きにくいという事もない。きっとお金のあったころに整備したのだろう。

「ん？　でもこのランプ、長くても一日で効果切れるよな……もしや誰かいるのか？」

タクトは警戒して足音を抑えつつ、祠の奥、広くなっている部屋へとたどり着いた。発動中の、ほんのり光っている魔法陣。そして、動く人影。

「誰だっ！……ひっ、あ、あああ悪魔っ！　こんなところに何しにきやがった化け物！」

「あれ、カレンの叔父の人」

怯えて距離を取るソウジ。この反応、昨日見たマルカの魔力を僕のだと勘違いしたのかな、立ち位置的に。それで逃げたくとも僕が出入口を塞いでいるため出られない、と。

……恨まれてるし、ザコだとバレたら面倒なことになりそうなのでこのまま勘違いさせておこう。

「こんなところで何をしてるの？」

「お、俺は魔法陣の監視をしていた！　ここは部外者が来ていい場所じゃねぇ、帰れ！」

確かに誰もいないのは不用心だとは思っていた。一応、里の実力者を配置していたということだろう。

「里長《さとおさ》の許可はもらってる。僕はそこの魔法陣を見に来たんだよ」

「そ、そうか……じゃあ俺はこれで」

「え？　魔法陣の監視はいいの？」

「……」

そう言うと、ソウジは苦い顔をして部屋に留《とど》まった。余計な事を言ったかもしれない。

僕は早速魔法陣を見ることにした。光を帯びた魔法陣は、非常に複雑な魔法を表している。読めそうなところを探して自力で読んでみよう。まずは強く光っていて目立つところからだ。

「……火、付ける、消す……？　カウント？　停止……、ループ……これはループを抜ける記述か。条件はこっち？　なんだ、結構読めるっていうか、まるで入門書にあるような魔法陣だな。何の意味があるんだこれ？」

というか、まるで最近書かれた魔法陣であるかのようにスラスラ読める。伝説級に古い代物《しろもの》だからと身構えてたけど、案外昔から魔法陣の記述って変わっていないのかな？

「ん？　こっちは……あれ、全然読めない」

しかし途中で、まったく分からない箇所になった。光が弱々しくて読みにくいというのもある。そこの円形魔法陣に書かれている文字を一文字一文字解読していたら連休が終わってしまいそうだ。……そもそもこの魔法陣は儀式中にしか光らないらしいので、魔眼ではない僕の目には今しか見られない。

ヒントだけでも欲しいね。知ってるかもしれない人に尋ねるのが一番早いんだけど……と思ったら、幸い、ここに里長の弟が居た。今日は酔っぱらっているようには見えないし、多少は話が通じるのではないか。

「あのー、この魔法陣って龍を封印する結界魔法の魔法陣なんです、よね？」

「……」

「このあたりの記述がなんて書いてあるか、分かったりしません？」

「……」

しかしソウジは答えてくれなかった。酔っていなくても嫌われてるようだ。仕方ない。

読めないがスケッチすることはできる。メモを取ってはいけないとは言われていなかったし、魔法陣をスケッチすることにしよう。

懐からメモ帳を取り出し、僕はスケッチを始めた。持ち出し禁止の本にある魔法陣のメモを取ることもしばしばなのでこういう作業は慣れている。それに、単語の意味は分からないが文字自体は分かる。僕の家に伝わる古い本とも共通する、三種の文字だ。二種の音節文字に、一種の膨大な表意文字。これなら実家の辞書で解読できるかも。

「お、おい。まさか読めるのか？」

ソウジが話しかけてきた。

「時間をかければ、不可能じゃないかなと。今はメモしてるだけ」

「そ、そうか。なぁ坊主、話をしないか」

そう言ってソウジは少し焦《あせ》ったように喋《しゃべ》る。

「話って何を？　この魔法陣について？」

「ああ。実は、この魔法陣について偉い学者の先生から調べてくれと頼まれていてな」

「学者の先生」

「俺の目を買った人だ」

サカッチ教授か。

「そういえば、サカッチ教授は古代語を研究してるんだったっけ……絶好の研究材料、ってことか」

「そう！　そのサカッチって先生の依頼なんだよ。だからこの魔法陣について情報を売ってくれと言われてて、結界に細工をして魔力を注がせるよう仕向けたんだ」

なるほど。確かに不可視の魔法陣だが、光るなら調べられる。

「……あれ？　でも、魔力視を使えば分かるって話じゃ？」

「それは優秀なキサラギの話だ。……俺だって前はこの魔法陣が視《み》れた。だけどもう、俺にはその力が残ってないんだ。ボヤけちまう」

どうやらこの魔法陣を魔眼で見るには、相応の力が必要らしい。

「キサラギの眼《め》を売った罰だろう。皆には言っていないが、目玉を売って以来俺は魔力が半分くらいになっちまってな……」

「ほほう？」

興味深いデータだな、と更に耳を傾ける。キサラギの魔力は眼球に宿る。カレンも確かにそうだった。例えば眼球に魔力を生産する機能があったとして、ソウジは片目になったことで魔力が半分になってしまったとすればつじつまが合う。

これはつまり、逆に眼を三つとかにすれば魔力が増やせるかもしれないということでもある。とはいえ、他人の魔力は劇物になるわけだが……発想を逆転させよう。自分の身体《からだ》を増やしてはどうだろうか？　極端な例をいえば、腕を切り落としたのち回復魔法で生やしてから元の腕を自分にくっつける、みたいな。こ、これはとても興味深いぞ……！

気が付けばスケッチを取る手は止まっていた。

「ただ、光ったところで俺にはそもそも分からなくてな。読めるなら教えてくれ」

「分かったけど、僕も文字自体は読めても、完璧じゃないんで。何か思い当たることがあったら手伝ってくれます？」

「ああ。いいぞ……まて、学者先生と顔見知りなのか？　だったら、学者先生には俺が情報を売るから黙っててくれよ？　じゃないと手伝わない」

「あー、はいはい。サカッチ教授には言わないよ。交渉成立ね」

なんだ、案外いい人じゃないか。と僕は改めて魔法陣に使われている古字を読む。

「じゃあ読んでくから、何かあったら教えてね……ええと、これは罰。罰だな。ナントカ罰って書いてある。罰用だって」

「ふむふむ」

罰用の魔法陣、ということだろう。まぁここは良い。次だ。

「こっちは牛……いや、物だな。物質、現実にあるオブジェクトのことだ」

「ほうほう」

「これは日、太陽？　寺、門、そしてここにも日……門の中に日が入ってるのは間か。日中の寺って感じかな？　そんでイ、亭……止、とどめを刺すって事かな。糸……じゃない、これは結界だ。イ亭って名前の寺で、日中にて結界でトドメを刺す、みたいな？　どう思う？」

「なるほどなるほど」

こくこくと頷《うなず》くことしかしないソウジに、僕はジト目を向ける。

「ちょっと。さっきから頷くばかりで、なんもこちらの益になってないんだけど？」

「仕方ないだろ、さっぱり覚えのない単語しか出てこないんだから。あれだろ、きっと魔龍ディーダラが悪さして、日の光の下、その寺で結界に封じ込めたって逸話か何かじゃないか？　イ亭ってのも聞いた事ないけど」

「魔法陣にそんな無駄な事書くかなぁ……」

「昔の人間が考えていたことなんて分からんさ。俺は今の時代に生きてる人間の心も分かんねぇくらいだしよ」

そう言ってソウジはボリボリと頭を掻《か》いた。確かに、そう言う事もあるかもしれないなと思う。

「なんにせよ、要らねぇ場所なら削っちまってもよかったってことだよな？」

「え、いやどうだろう」

「実はこっちの魔法陣は俺が書き足したんだ。さっき言った細工ってのがこれな」

そう言って、弱々しく光るその古代文字の文章の隣で良く光る魔法陣——先程よく読めた方をソウジは指さした。

「……えっ、ヤバくない？」

「でも、魔龍ディーダラを封印した時の逸話が書いてあっただけなんだろ？　問題ないじゃないか」

「いやいやいや、案外こういうのが重要なポイントだったりして。訳も分からず手を出したら痛い目を見るよ？　そもそもしっかり視《み》えない魔法陣にどうやって手を加えたのさ」

「あー、それはほら、テキトーに？　うっすらは見えるからさ。明らかに空白な場所に、ちょいっと書き足してつなげたんだよ。ほら、これでも里長《さとおさ》の弟だから書き込む権限はあるんだぜ。凄《すげ》ぇだろ？」

「せめて原状復帰できるようにすべきだろ⁉　何やってんだお前！」

「うっせえな、教本にあった小せぇ魔法陣をちょこっと加えただけだぞ」

「どうりで変な処理だと思ったよ！　消せ、ここのところ！　今すぐ！……あ、いやまって、今すぐはまずい。今は魔力が通ってるから光が収まるまで待たないと……いやでもこのままだと手遅れに……⁉」

こんなのいつどうなってもおかしくない。どうしたものかと頭を抱えたその時だった。

バツンッ！　と、何かが爆《は》ぜる音がし、焦げ臭いニオイと共に魔法陣の光が急激に小さく消えていく。それに伴い魔力視を持たない僕には魔法陣が視認できなくなる。

「嫌な予感がする……」

「ん？　なぁ、光が消えたなら消したほうがいいのか？」

魔法陣が完全に消える。と、同時にゴゴゴと大地が唸《うな》り声をあげた。地震だ！　魔道具の明かりの下、顔を見合わせる僕とソウジ。そして、どちらとも言わず駆け出し、洞窟の外へと走り抜けた。幸い、洞窟は崩落せずそのまま残っている。

「な、なぁ、思わず逃げちまったけど、良かったのかな……」

「良いか悪いかでいったら間違いなく悪い。だけど、洞窟が崩落して万一この事実を誰も知らないままになってしまったとしたら——それはもっと大変なことになるんじゃないかなって」

「そうだな！　俺達《たち》は悪くないよな！」

「いやソウジさんは悪いと思うよ？　魔法陣に勝手に手を加えたわけでしょ」

「ンだと!?　裏切る気かてめぇ！」

裏切るも何も、最初から仲間じゃないだろうに。

ゴゴゴ……と、再び地鳴りがする。

「な、なぁ坊主。もしかして俺、とんでもない事しちゃった？」

「……あれはやっぱり魔力回路が焼き切れた音とニオイだったかなと」

「つまり？」

地面が、ボコンと大きく盛り上がる。そして、ヒビ割れていく。

尻もちをつく二人の傍《そば》で、祠《ほこら》が崩れ落ち——地の底から、家よりもでかい大きな黒い塊が現れた。

「封印が……壊れたってことじゃない？」

「お、俺のせいか⁉　いや、そんなはずないよな⁉　な⁉」

「全面的にアンタのせいだよ！」

黒い塊はぐわんと空に浮かびあがり、身体《からだ》を開いた。羽。頭、尻尾《しっぽ》。ドラゴンに似た、ドラゴンよりも上位の存在。それは漆黒の体に、赤い瞳を持っていた。見ているだけで高所から落下したかのように身体が震え、耳奥がキーンと痛くなり、ぞわぞわと背筋に冷たいものが走る。『アレは不味《まず》い』、と、本能が告げている。

封印されし魔龍ディーダラ。それが、僕らの上空に羽ばたきもせず浮かんでいた。

＃Side マルカ

師匠が魔法陣を見に行った後、自分達《たち》は儀式——魔力提供を行うことになったっす。師匠から任された大役、しっかり務めるっすよ！

「この紐《ひも》を手に取り魔力を込めてくれ」

「了解っす。杖《つえ》と同じような感じなんすね」

里長《さとおさ》のゲンジさんから、地中に伸びる紐を一人一本渡されるっす。これに魔力が通るんすねぇ。師匠が見たら杖の素材にしてみようとか言いそうっす。紐の先には巨大な魔石が何個も置いてあって、そこに魔力が溜《た》められてから結界に使われるらしいっす。

「このところなぜか魔力量の消費が増えてしまってな。このままでは二、三年で結界が消えてしまうだろう」

「結構保《も》つんすね」

「数百年を維持していることを考えれば、ほんの一瞬だろう」

確かに、年単位で余裕があっても、百年単位で考えたらほんのちょびっと。確かにピンチだったっす！　これは気合を入れて魔力を籠《こ》めるっす！

「原因の解明はしていくが、今は現状維持するためにも魔力が必要なのだ。協力感謝する」

「いやいや、気にしなくていいっすよ。どうせ自分の魔力は余ってたっす」

紐一本を握って、ずんずんと魔力を流して……うーん、ダメっすね。このペースじゃ日が暮れちゃうっすよ。自分、とっとと終わらせて師匠に褒めてもらいたいんすよ！

「物足りないっすね。もう十本くらいもらっていいっすか？」

「えっ、か、構わないが……大丈夫か？　キツイぞ？」

「慣れてるっすよ」

ゲンジさんから紐を奪いとって、まとめて魔力を流してみるっすけど……うーん、まだまだ足りないっす。師匠曰《いわ》く、自分のＭＰはおよそ５０００、魔導士五十人分。そこらの村人とは比べ物にならないのは当然で。一本で一人分と考えても、最低あと四十本は欲しいっすねぇ。村人と魔導士の差を考えるとさらにもっと多く？

というわけで、カレンとゲンジさんにどんどん紐を持ってきてもらうっす！

「だ、大丈夫なのか？　それ」

「余裕っす！」

ゲンジさんの苦笑いは無視っす。うん、両腕に紐をありったけ抱えて、これ以上持てないってくらいでもまだ余裕っすね。

「父上。マルカ様はこれくらいで丁度いいかと」

「そ、そうなのか」

カレンがなぜか自慢げっすね。まぁゲンジさんもそれで納得したみたいっす。でも、師匠はもっとすごいんすよ！　まぁ魔力量だけは自分も負けてないと思うっすけど！

「師匠も好きにやれって言ってたし、久々に全開いくっすよ！　ふんっ！」

「えっ」

ぐっと力を籠《こ》めると、自分の中にある魔力がギュルンッと紐《ひも》に流れ込んでいくっす。それでも全然減った感じがしないあたり、この紐はもっと数あっても良かったっすね。

「……凄《すご》い勢いで充填《じゅうてん》されていくな。この調子なら十年は持ちそうだ」

「父上、それ今の消費が速い状態で十年か？　以前だったら何年分になるんだ」

と、その時。ずごご、と地面が震えたっす。直後、ガツンと詰まったように魔力が流れなくなる紐。……あ、あれ？　自分なにかやっちゃったっすか？

「な、なんだ!?」

「地震!?」

「あ、あれを見ろ！　なんだあれ！」

里の人が指さした先には、影をそのまま固めたような黒い何かが、空に開いた穴のように浮かんでいたっす。なんすかアレ、真っ黒すぎて立体感を感じないっす。

「あ、あれは……まさか！　そんな馬鹿な!?」

「知っているのですか父上！」

カレンが尋ねると、ゲンジさんが頷《うなず》いたっす。

「光を吸い込む漆黒。羽ばたかずに宙を飛ぶ地から解き放たれた存在──伝承にあったが、間違いない。アレこそこの里で封印し続けてきた伝説の魔龍、ディーダラ！」

「な、なんだって!? 父上！　魔龍が封印されたのは数百年前だ、普通それだけ閉じ込めたら餓死してるだろ!?」

「……いや、言い伝えによればディーダラを封じた結界は懲罰用の時間停止結界。肉体の時間を止め、精神はそのままというものだ。魔龍は、魔法的性質を持つ。通常の封印は役に立たず、物質の時間を停止させる結界でようやく動きを封じられたという話だ」

「時が停止していたということは……そ、それじゃあ父上、つまり──」

「ああ。──奴《やつ》の身体《からだ》は、始祖様が封印した数百年前、全盛期の状態！　魔龍ディーダラ、伝説の災厄が当時のままに今、蘇《よみがえ》ってしまったのだ!!」

という事らしいっす。

「わぁ、そりゃ大変っすね」

「呑気《のんき》だなマルカ様!?　世界滅亡の危機なんだぞ!?」

「……むしろ、何慌ててるんすか？　始祖様と同じくらいかそれ以上の実力の持ち主なら封じられるってことっすよね？」

やれやれ、こんな簡単なことも分かっていないとはしょうもない話っす。

「そんなやつおらん！　もはや我々の手に負える相手ではない……！」

「えー、キサラギの里は数百年も何やってたんすか？　子供だけ増やして堕落してたんすか？　あ、だからあの師匠に無礼な酔っ払いが居たんすねぇ」

ここぞとばかりに昨日の話をほじくり返してやるっす。師匠は許しても、自分はあんまり許してないっすからね！　あれは里長《さとおさ》であるゲンジさんの責任っすよ！

「マルカ様、それ以上は止《や》めてやってくれ……」

「まぁそんなら仕方ないっすね。けど、あっちは確か……師匠がいる方角っすよ？　つまり、何の心配もないって事っす」

ふふん、とそんな当然なことを教えてあげる自分は、とっても優しいハーフエルフっすね！　こんな貧弱な連中の始祖よりも、師匠の方が強いに決まってるっす！……あ、むしろこれ、師匠の本気の魔法を見れるチャンスなのでは？

「ちょっくら様子見てくるっす！　行くっすよカレン！」

「え⁉　わ、私はここで避難誘導を……巫女《みこ》として！」

「貴重な師匠の本気が見れるかもしれないんすよ！　おら！　ついて来るっす！」

がしっと、腕を掴《つか》んでカレンを引っ張って連れていくっす。師匠の貴重な戦闘シーン、見逃すなんてもったいないっす！　妹弟子にも見せてあげなきゃ嘘《うそ》っすよね！

「ひ、ひぃ！　やだやだ行きたくないぞ!?　私はまだ死にたくないんだっ！」

「大丈夫っすよカレン、ディーダラなんて師匠にかかればイチコロっすよ！」

カレンは顔を真っ白にして怯《おび》えてるっす。よほどディーダラの怖い話を聞いて育ったんっすねぇ。でも、師匠がいるからもう大丈夫っすよ。

なんなら、その沁《し》みついた恐怖も丸ごとぶっ飛ばしてくれるに違いないっす！

――Side　END#

『ああ、日の光。何百年ぶりか……ふう、久々の外界は気分が良い』

ディーダラはそう言ってばさりと羽を伸ばした。そして、足元に転がる二人の人間――つまり、僕とソウジを視界に収める。

「ま、魔龍、魔龍ディーダラ!?　親父《おやじ》から聞いてたまんまじゃねぇか……！」

怯えて腰を抜かすソウジ。その股間からは小水を垂れ流していた。……それを見て僕は危ういところで膀胱《ぼうこう》を締めることに成功。自分より取り乱しているのを見ると冷静になるやつだ。ついでに、膝はガクガクするもののなんとか立てていた。

『我を知っているのか。だが正確ではないな。我が名に冠するは呪龍。呪龍ディーダラ・ヴォッチよ。……礼を言うぞ人間。我が身体《からだ》を封じていた結界をよくぞ破壊した。褒めてやろう』

僕はそっと後ずさる。どうやらディーダラは上機嫌な様子。このまま見逃してもらえないだろうか？　きっとリカーロゼ王国が誇る騎士団及び魔術師団が総力を挙げれば討伐できると信じて。

「あ、そ、そうですか。じゃあそういうことで」

『褒美に、貴様らは苦しませず消してやろう。我を封じた人間は、一匹たりとも許してはおけぬからな』

カッと見開かれる赤い眼球。ダメそうだ。僕は涙目になった。ソウジは気を失った。何て使えない奴《やつ》だ……！

「おっ、丁度いい所っすね！　師匠ー！」

その時、呑気《のんき》な声が響いた。振り向けばぶんぶんと手を振るマルカが居た。どうしてこんなところに。ついでに引きずられてぐったりしているカレンも。

「わ、私はっ、死にたくないんだがっ!?　助けてくれお師匠様……ッ！」

「そうっすよ、キサラギの連中じゃどうにもできないらしいっすから、こんなイモリの黒焼きみたいな奴、師匠の真の力でババーンッと片付けてやって欲しいっす！」

心底師匠を信じてる。そんな明るい声で堂々とディードラを挑発するマルカ。当然そのよく通る声はディーダラにも聞こえている。聞こえていないはずがない。

『貴様……ヒト種にしてはまぁやるようだが、呪龍の怖さを知らぬと見えるな？』

「じゅりゅー？　なんすかそれ。美味《おい》しいんすか？」

「ま、マルカ様！　奴は、ディーダラは呪いを使うんだ！　いくらマルカ様でもひとたまりもない！　逃げよう！　今からでも頭を下げて退散するんだ！」

「呪い……？　って、なんっすか？　師匠、知ってるっすか？」

呪い。それは、正体不明の魔法と言われている。『名前』を指定して異常を与えるという魔法だ。その原理は不明にして不可思議。とにかく、名前を知る事が呪いを使う最低条件のため、相手には名前を知られないことが肝心であるという。

「……というわけだから、そのまま僕の名前は言わないようにしてくれ」

「へーそうなんすか！……おいカレン!?　さっきから自分の名前言いまくりじゃないっすか！　何してるっすかカレン！　カレン・キサラギ！」

「ぎゃあああ！　フルネームで呼ばないでくれっ！　でもそもそもディーダラには、名前を隠しても無駄なんだっ！　伝承にはそうあった！」

「え、そうなんすかディーダラさん？」

『ククク、特別に答えてやろう。……その通り。我は相手の真名を知らずとも、相手を呪うことができる。故に呪いを司《つかさど》る魔龍、呪龍なのだ！』

「へーぇ。じゃあカレンが不用意に自分の名前をバラしたのは特別に不問にするっす」

と、ディーダラをさて置いてマルカはカレンにそう言った。

『随分と余裕ではないか、ヒト種のくせに生意気な』

「ふっ……その理由は簡単っす！」

そう言って、マルカはディーダラに背を向けてこっそり逃げようとしていた僕をびしっと指差す。

「自分の師匠がいるからっす!!」

「えっ」

マルカに指差され、たらりと汗を流す。無茶《むちゃ》を言うな、こちとらＭＰ５のザコ魔法使いなんだぞ。

『フハハハ！　大した事のない、ここで一番弱いようにしか見えんが？』

「は？　師匠の実力を見抜けないとは、魔龍も大した事ないっすね。そこでお漏らしして気絶してるカレンの叔父の方が余程マシっす」

フッ、と鼻で笑うマルカ。いいところが欠片《かけら》も無いこの叔父のどこがマシなんだよ。頼むから挑発しないでくれ。

『我が、その小人より劣る……と？』

「少なくとも師匠の偉大さを理解できないようじゃ、たかが知れてるってもんっす」

『ほう……よかろう！　では貴様の師匠から相手してやろうではないか。ククク、はたしてどれ程の実力を隠しているのか……この我に見せてみよ！』

ディーダラはバッチリと僕を睨《にら》みつける。これは、何かしないといけない流れ？　でも、僕ができることなどたかが知れている。なにせMPたったの5しかないザコなのだから。

「……」

僕は考える。そして、疑問に思った。そもそもディーダラはなぜさっさと僕達《たち》を殺してしまわないのか、と。

そして気付いた。そういえば先程『日の光。何百年ぶりか』とか言っていたが、封印の中では時間が止まっていなかったとすれば？　そう、ディーダラは弱り切って弱体化しているに違いない。飲まず食わずで数百年生き延びたことは流石《さすが》魔龍だとしか言いようがないが、数百年の間独りぼっちで封印されていたという事になる。

もしかして、ディーダラは……寂しいのではなかろうか。あるいは、久々の会話訓練として僕達を使っているのでは？　と。その結論に辿《たど》り着くまでわずか〇・一秒。

先程のディーダラの名乗った『ヴォッチ』は、たしか古代語で『孤独』『孤高』を意味する言葉だとご先祖様の手記にあったし、あり得ない話では……まぁ普通に考えたらあり得ないんだけど、僕が生き延びるにはこの結論に賭けるしかないのだ。分の悪い賭けは……大っ嫌いだ!! ケドお願い、これが真実であってくれ!

「分かった。遊び相手になってやろう……!」

そして僕は、黒杖《つえ》と白杖を両手に構え、少ない魔力をつぎ込んだ自身が放てる最高の魔法を繰り出すことにした。

「幻龍変身!」

僕が叫ぶと、足元に魔法陣が現れる。そこからしゅぱぁっと光りながらドラゴンが現れ、僕を包み込んだ。ディーダラと同じサイズの白く光るドラゴンだ。ドラゴンは、ディーダラの正面へと音もなくふわりと浮かび上がった。

「りゅ、龍だと!? ま、マルカ様、お師匠様が龍に!?」

「うわぁ! すごいっす! あんなデカい龍に変身できるとかさすが師匠っす!」

僕の変身した龍を見て、はしゃぐマルカ。

「待たせたね、どうだい？　僕らは友達になれそうじゃないかな」

そう言うと、ディーダラは幻龍を見てニヤリと笑った。

『ほう、よもやドラゴン——否、龍に変身するとはな。言うだけのことはあるではないか。改めて褒めてやろう』

「……そりゃどうも」

幻龍変身。それは、単なる幻影魔法だ。ただの龍の形をしたハリボテ、触ったらすり抜ける攻守力ゼロのただの囮《おとり》だ。僕本体は地上で姿隠しをして立っている。声を離れた場所へ運ぶエアボイスは音魔法。

龍の造形自体は、土台はマルカに本の読み聞かせをする際に『ドラゴンとか見たことないから想像がつかないっす』と言われて、幻影魔法で見せたことがあった。その時は手のひらサイズだったが、今回はそれを巨大にして目の前のディーダラを参考にちょいちょい修正してみたものだ。幸い僕にはよく分からない同族の特徴を上手《うま》く押さえられたのだろう、ディードラも『龍』と認定してくれたようだった。

尚《なお》、消費ＭＰは操作可能な龍の幻影で３、姿隠しで１、エアボイスで１の計５ＭＰ。とてもリーズナブルで一タクトに収まっている。

僕の作戦はこうだ。ボッチで交流に飢えているディーダラ。彼にお友達を用意してあげて、気を引く。その隙にこっそり逃げよう！　というもの。

……無理筋？　そんなの僕が一番分かってるんだよ！　でも無理でもなんでも少しでも時間を稼いで、逃げるのが一番生存率が高い！　僕の小物としての本能がそう察知した。

囮《おとり》作戦として考えたら、そんなに悪くない賭けなんじゃないかな？

しかし。物事は僕の思い通りには運んでくれない。

「自分達《たち》も負けてられないっす！　行くっすよカレン！　師匠に加勢するっす」

「えっ……ぎゃあああ、いやだぁああ！　私は逃げるっ！　置いてってくれマルカ様ぁあああ！」

泣き叫ぶカレンの襟を掴《つか》み、引《ひ》き摺《ず》りながら幻龍と魔龍ディーダラの前に立つマルカ。

流石《さすが》にカレンが可哀《かわい》そうになってきた。というか、まて、マルカ達がこっちにきたら逃げられないじゃないか。

「マルカ、危ないから下がってくれ」

「そうはいかないっす、自分だって師匠のお役に立てるっす！　さぁ、この黒トカゲを躾《しつ》けてやるっすよ！」

やる気満々で杖《つえ》を握るマルカ。違う、僕も一緒に逃げたいんだよ？？

「マルカ、できればキサラギの里の人達と避難してくれると助かるんだけど」

僕は、改めてマルカに逃げるよう催促する。が――

「ふっ、心配ご無用っす師匠！　自分、こんな黒トカゲに負けたりしないっす！　いっそ師匠の手を煩わせるまでもないっすから！」

そう言い、自信満々に前に出て不敵に笑った。

……どうしてそうなるのさ⁉

『ふんッ、小人がしゃしゃり出たところで、龍には路傍の小石と変わらん――』

「オラッ！　火の球、ファイアボールっす‼」

マルカがディーダラのセリフを遮るようにして火球魔法を発動する。詠唱も省略し、勢いだけで魔力を垂れ流したその魔法は、杖の先ギリギリ危ういところで成立し直径十メートルほどの火の玉を作り上げた。

『なっ⁉　なんだその火球は⁉』

「ちょ、マルカ⁉　制御しきれないでしょどうするのそれ！」

ただでさえ不安定なのに詠唱まで放棄。マルカの魔法は、ただ出現させるだけで精いっぱい。これではディーダラに向かい飛ぶどころではない。

「あちちち、や、大丈夫っす師匠、自分だって成長してるんすよ！　カレン、技を借りるっす……どっせぇえええい!!　魔力パンチ!!」

そしてマルカは、得意げにその火の球を——ディーダラに向けて殴り飛ばした。

あっ、それって殴れるんだ？　と僕とカレンが思っていると、ばふん！　と火の玉がディーダラの頭を飲み込んだ。

『ゴハッ！　むせるではないか、貴様ァ！』

「これでも自分は小石っすかぁ？　ンッンー？」

『たわけ！　魔法が我が身体《からだ》を傷つけることは不可能なり！　無駄な事を——』

「オラッ！　次は水の球っすよ、ウォーターボール！」

詠唱がもはや破棄されているレベルに省略された水球。こちらも直径十メートルサイズのとんでもない水の塊がどたぷんっと現れた。今度は杖《つえ》どころか手を巻き込んでいるが、水なのでまだ大丈夫だ。

「せいやあっ!!」

『ふぐぬっ！　何をする!!』

マルカが再び水の球を殴り飛ばして、今度は避《よ》けるディーダラ。水の塊は少し離れた所の木にぶつかりぱしゃぁと地面を水浸しにした。

「おんやぁー？　避けるってことは効くって事っすかぁ？　溺れちゃうんすか？」

『馬鹿め、魔龍が溺れるものか！　うっとうしいから避《よ》けたまでだ！』

「中々しぶとい黒トカゲっす。これはしっかり教育してやらないとっすねぇ！」

マルカが跳び上がる。空に浮いた呪龍ディーダラを飛び越し、その頭を上からガツンと殴りつける。

『おうっ!?』

「む、なんか妙な手ごたえっすね。当てた気がしないっす……なら何発も殴るだけっすよぉおおお！　うぉおおおおおおおおおおおおお！」

よろめいたディーダラを、さらに連続で殴りつけるマルカ。一発一発は手ごたえが無いのかぶんぶんと振り回すような形にはなっているが、ディーダラは徐々に押されて地面に押し付けられる。

『なんという身体強化！　小人にあるまじき魔力圧の持ち主……貴様、何者だ!?』

「自分はただのメイドっすよ！……ただ一つ違うのは、そこにおわす師匠の弟子ってことっすかねぇ……！」

ディーダラの上に堂々と立ち、僕――幻龍を指さしてきゃるんっと可愛《かわい》いポーズをとるマルカ。完全に挑発してる。

『なるほど、分かったぞ。その赤い瞳、銀の髪、なにより我に匹敵する強大な魔力！　貴様、魔王種か！　龍に弟子入りなど、何を企《たくら》んでおる！』

「マオーシュ？　自分、そんな名前じゃないっすよ！　しっかし、何のダメージも入ってないっすね？　ファイアボール殴るのと似た感覚っす、ただ押してるだけみたいな」

『フッ、我には物理攻撃も魔法攻撃も効かぬからなァ！　無駄よ、無駄ァ！』

「……師匠！　なんかいい手はないっすか!?」

　幻龍に向かって助けを求めるマルカ。

「……あー、うん、そうだな、逃げてもいいんじゃないかな？　攻撃通らないんだし」

「そんな！　自分は師匠の足手まといだというんすね……」

「そ、そんなことないよ！　魔龍相手に一歩も引かないで突撃とか凄《すご》いよ！……あ、そうだ。物理攻撃もダメで、魔法攻撃もダメっていうなら——あ、魔力吸収はどうかな？　魔法的存在の魔龍なら、魔力を吸い取ったらダメージになるかもよ」

　と、ここでどこからともなくマルカの手元に魔石の入った袋が現れる、というか姿隠したままの僕が、魔石の袋だけ投げ渡しただけだけど……中身は僕が先日キサラギの里で購入した空の魔石、ネシャトへのお土産だった。

　それを見て、マルカはこくりと頷《うなず》いた。

「なるほど！　試してみるっす！」

　マルカは袋をひっくり返して魔石をディーダラの口の中にざーっと流し込んだ。うわ、そんな一気に……それなりに高いんだけどなぁ、魔石。

『おごっ⁉　ま、んぐ……ぐうう⁉　なんだ、これは！　ぺっ、ぺっ！』

「吐き出すんじゃねぇっすよ！……って、一瞬で満タンっすね、流石《さすが》魔龍？」

『この程度の魔力が奪われたところで、我にはなんの痛痒《つうよう》もない！――ぐふッ⁉』

ディーダラがガチンッと歯をかみ合わせた所で、ぼふん！　と爆発した。牙が折れ、ザシュっと地面に突き刺さるように落ちた。突然の事に、目をグワッと開いてのたうつディーダラ。

『がぁあああァッ⁉　痛ァアアア⁉』

「おっ、すごいっす！　効いたっすよ師匠！」

「……少し想定外だけど、魔石が爆発した爆発は効くのか」

おそらく魔力が充填《じゅうてん》された魔石を噛《か》み潰《つぶ》した事による暴発だ。魔法になっていない魔力の純粋な爆発は、魔龍にダメージを与えられるらしい。

「ダメージが入るなら――倒せるっすよ！」

魔力はディーダラから吸収するとして、魔石はキサラギの里にまだある。あれ、これマルカがディーダラを抑えててくれれば本当に勝てちゃう？　勝てる可能性がある？

『ガァアアアアアア！　やめろ、やめろ、離れろォオオ‼』

そう考えたところで、ディーダラは吠《ほ》えながら身じろぎして身体《からだ》に乗っていたマルカを振り落とした。

『よ、よくも！　完全無欠な我が身体に傷をつける方法をッ……貴様らは！　やってはならぬことをしたぞ！』

ぐるるる、と唸《うな》るディーダラ。……流石に、大人しく倒されたりしてくれないらしい。

そもそも、キサラギの里にある魔石だけで倒せる保証もない。

『……魔王種め、心を折らねばまた復活するに違いない。厄介な奴《やつ》よ……そうだ！　良い事を思いついたぞ、貴様の師匠から順に殺すとしよう！』

ディーダラが高らかに笑いながら再び宙に浮き、幻龍と同じ高さまで昇る。

「何言ってるっすか！　貴様に師匠の相手は百年、いや、千年早いっすよ！　というか、自分を倒してからにするっす！　逃げるな卑怯《ひきょう》者！」

『グァハハハハハ！　馬鹿め、魔王種の挑発になど乗るものか！……さて、聞いていたな？　龍のくせに、魔王種に味方する愚か者よ！』

今度は幻龍を見て、敵と見定めるディーダラ。え、こっち来ちゃうの？……ここは一呼吸つこう、と肩をすくめるような感じで羽を一度ぶわさと拡《ひろ》げて、閉じる。

「ねぇ、見逃してくれないかな？　僕としては君と争いたくないんだけど」

『ククク、それは出来ぬ。我を愚弄したそこの魔王種を絶望させるためにも、貴様には死んでもらう必要があるのだ』

そう言って、ディーダラが口に魔力を集中させていく。口を開けば、そこにバリバリと紫電を纏《まと》った黒い球が現れた。見るからにヤバイ。幻龍を咄嗟《とっさ》に上空へ飛び上がらせる。

『龍の吐息』

バシュン！　と上空の幻龍に向けて黒い光が飛ぶ。絶大なる破壊力を伴っているであろうその黒い光は、しかし幻龍をすり抜ける。射線上のはるか先にある山へと飛んでいき、貫通し、山の中腹に穴を開けて空へと消えていった。数秒遅れて、ドォンという音が響いてくる。

「やっ、山が抉《えぐ》れた……」

「ほう、中々やるっすね！」

ケラケラと笑うマルカ。まさか、今の攻撃を見てもまだ勝てると思っているのか――思っているのだろう。まだまだ、師匠の方が上であると。そんなはずは最初からないというのに……！

#Side　ディーダラ

「も、もっと平和的に解決できないかなぁ？　ね？」

我がブレスをやり過ごした白龍は、とても呑気《のんき》な声でそうのたまった。ブレスは強力な一発だが、所詮単発。急に移動したのを追いかけたため、うっかり外してしまったに違いない。

『ならば次は――空よりも高き天空の石礫《いしつぶて》よ。降り注げ。隕石雨』

白龍の戯言《たわごと》を無視して魔法を放つ。上空から赤く燃え滾《たぎ》る石が雨のように降ってくる隕石雨の魔法。一つ一つが直撃すれば並みのドラゴンであれば即死する程のエネルギーを内包しており、白龍へと襲い掛かる。

ずどどどど、と隕石が地面に突き刺さる。祠《ほこら》周辺の森が抉れ、クレーターだらけの穴ぼこの土地へと変わっていく。土埃《つちぼこり》が舞い上がり、白龍をも覆い隠していく。これで奴《やつ》の視界は封じた。そして後半の隕石は、魔力誘導性を持たせている。術者である我を除いた、高密度な魔力を持つ龍に向かっていくのは必然。視界を封じた上で己を狙う隕石だ。これは避《よ》けることはできまい。

「ま、マルカ様！　死ぬ、死んじゃう！」

「おっと、危ないっすね」

土煙の下、地面に這《は》いつくばるしか能のない小人を、魔王種が振り回しているようだ。

ふむ、そういえば魔王種も龍に匹敵するほどの魔力の持ち主。であれば、隕石がそちらにも流れるか。魔王種を狩ることは龍種の宿命。同時に片付けられるのであれば楽なのだが。

「げほっ！　た、助けてマルカ様！　死ぬ、死んじゃう！」

「はっはっは、大丈夫っす！　こういうのは動き続けてれば当たらないもんっすよ！」

そうそう上手《うま》くはいかないようだ。小さく動き回る的には、隕石雨は逆に当てにくい。

しかし、あの白龍はそうはいくまい。龍の巨体では避《よ》け切れないはず――と、しかし十数秒の隕石雨が止《や》んだ後、そこには無傷の白龍が浮かんでいた。

「カレン、見るっす！　流石《さすが》っす師匠、完璧な見切りっす！」

「げほげほっ、お師匠様は無事なのか？　あの巨体でよく無事だったな……」

魔王種のハーフエルフが生意気にも得意げに白龍を称《たた》える。何発もの隕石雨を身に受けただろうに、平然と浮いている。

「マルカ様。私一つ気付いてしまったのだが、お師匠様の方は足場が綺麗《きれい》だ。二、三個しか落ちてないのではないか？　もしかして隕石は全部こちらに落ちていたのでは」

「違うっすよ。師匠は隕石を造作もなく弾《はじ》いたに決まってるっす。だから下に落ちてないんすよ！」

「……それってつまり私達《たち》の方に弾き飛ばしてたってことか？　とんだスパルタだな」

ふむ、小人にしては中々の観察眼だ。そしてどうやら白龍も魔王種を殺す本能は忘れていないと見える。

『フンッ、やるではないか。……貴様、何を企《たくら》んでいるのだ？』

「いや、何も企んでないけど」

『何もせずに、光るほどの魔力の塊である貴様が、何もせず魔王種に魔力誘導攻撃を押し付けられるわけが無かろうに』

しかし、まさか隕石雨でも無傷とは……流石に驚きを隠せない。さて、どうやって殺してくれようか。

「それよりも、周りの迷惑も考えた方が良いんじゃないかな……ね？　もうやめよ？」

我が思案していると、白龍は　優しく諭すようにそう口にした。

若干声が震えていているのは、抑えきれない強い感情が滲《にじ》んでいる証《あかし》。……もしこれが人の子が発するものであれば通常であれば怯《おび》えだろうが、目の前のかすり傷一つない白龍が怯えなどあり得ない。つまり、怒りを堪《こら》えて震えているのだろう。

……怒りをこらえて、それで尚《なお》優しく諭すように言うとは——

『舐《な》めたことを言いおる。我の攻撃など、無意味だと言いたいのか？』

「い、いや、すごく強いと思うよ。まともに喰《く》らえば、僕なんて一瞬で消し炭さ」

口では称えるように言うが、その実無傷な白龍。

つまりそれは、『当たらなければ無意味』だということを身体《からだ》で示している。腹立たしい！　我の事を癇癪《かんしやく》を起した子供のように扱いおって！　そして、我を嗜《たしな》める貴様は、我とは次元が違うと!?　ああ、どこまでも、愚弄しおって!!

魔龍の中でも最強の呪術使い、呪龍のディーダラを！

コイツは我の逆鱗《げきりん》に触れた。もはや魔王種とは関係なく、確実に殺さねばならぬ。その為《ため》には我が最高の奥義を出し惜しみしている場合ではない。

『……よかろう。貴様は我が奥義、龍の呪術で葬ってやる！』

「ええっ」

龍の呪術、呪龍ディーダラの呪い。それは我を災厄たらしめた象徴、最強にして最恐の呪術。呪いを恐れた魔龍達《たち》が、わざわざ人間共にその力を授けて我を封印させたほどに畏れられていたものだ。

『呪いには、本来相手の真名が必要だ。しかし、我の呪いは名前を知らずとも対象を指定することができる。例えば、種族。例えば、距離。その条件で絞り込み、該当するものを対象として呪うことができるのだ。……分かるか？　貴様は、我に認識された時点で、我が術の対象になるのだよ』

いちいち呪うのに相手の名前を調べる必要があったなら、我が災厄と呼ばれることもなかっただろう。しかし我は、範囲を指定し、しかもまとめて相手を呪うことができるのである。

「へ、へぇー！　すごいね！」

『まだいうか貴様……さて、何故《なぜ》、貴様にここまで説明したと思う？』

「えっ？　それは、えーっと……脅しのためかな？」

『違う。呪いは、その性質を相手が知るほど効果が高まる。故に説明したのだ。我が呪いは、この世界で最高の呪い。いかなる者であろうと逃れることはできぬ』

「そ、そうなんだぁ！　すごいねぇ！」

白龍は表情を一切変えずにそう発言した。どうせ自分には効かないから怯《おび》えるまでもないという事か。我は更なる怒りを内から溢《あふ》れさせる。この怒りを魔力に、呪力に換えて注ぎ込む。全力だ。全力で呪い殺す。たとえ龍種であろうと殺せる、最強の呪いで！

『まずは抵抗力を奪ってやる。そして、貴様はそれから百数えるよりも早く死ぬ。たとえ龍種であろうと、逃れられない死の呪いをかけてやる』

「いやぁ、遠慮したいなぁ……死んだらほら、話したりもできないよ？　ね？」

ここに至っても我をなだめようとする白龍に、思わず笑みがこぼれる。友好的なものではない。絶対に殺す、という殺意にあふれた笑みだ。

「なぁマルカ様。流石《さすが》のお師匠様でもこれはヤバいんじゃないか？」

「いや、まだっす！　まだ慌てるような状況じゃないっすよ……師匠のあの余裕の顔を見るっす！　眉ひとつ動かさないいんすよ！」

「私には、そもそも龍の表情とか分からないんだが」

そう。魔王種の言う通り、白龍は、死の呪いと聞いても一切表情を動かしていない。これっぽっちも自分が死ぬとは考えていない顔だ。つまり、我が死んだら話もできない、と。つまり、いつでも我を殺せる、と。嗚呼《ああ》、どこまでも小馬鹿にしおって……もはや一秒でもこやつの声は聞きたくない。

『冥府で誇るが良い、我に、この力を使わせたことを！』

「や、やめた方がいいって！　ね!?」

――説明は終わった。あとは呪うだけだ。死の淵において、この白龍の余裕はどのような絶望に変わるのか。

『ククク、光栄に思え。これより行うは死の呪術。苦しむ事のない、我であろうと解呪することすら叶《かな》わぬ速やかな死をくれてやる！　我が全力の呪いだ！』

「やめるんだディーダラ！　その……今ならまだ間に合うから！　ね!?」

『もう遅い！　範囲五百メートル内にいる最弱の龍に、すみやかに死を齎《もたら》せ！』

「えっ」

我がそう宣言した直後、我が身体《からだ》から黒い靄《もや》が放たれた。呪いの塊ともいうべき靄だ。

我が呪術は、範囲指定。ただし、そこには一部でも我の要素を含む必要があった。それはより重なる部分が多い程に威力を増す諸刃《もろは》の剣。だが我はこの世で最強の魔龍！　目の前の龍を殺すには、これで確実である!!　未《いま》だかつてこの指定で呪殺できなかった龍は居ないのだ!!

靄は、我の周囲をぐるぐると回っている。呪いは一度我を経由し、対象へと飛んでいく。この靄が我から離れたその時が貴様の最期だ！

『死ね、死ね、死んでしまえ！　ハハハハ!!』

勝利を確信した我は、笑いながら呪いの言葉を連呼する。しかし、いつまでたっても靄は白龍へと向かわない。むしろ黒い靄は濃度を増しているような……

『なんだ？　何がどうなっている、何故《なぜ》に呪いが貴様に向かない――ぐふっ』

ごふ、と咳《せ》き込み、血の代わりに黒い煙を吐く。自身の身体に起きた異変に困惑する。力が抜ける。おかしい、自分はきちんと範囲を、目の前の敵の種族を指定した。あとは間違いなく対象が呪われるはずだったのに。

『な、何故だ……？　わ、我が呪いが……破られ……た……？』

「なんか、その……ごめん？　その、僕には効かないみたい、だね……？」

『これは、貴様の仕業……!?　呪い返し？……ばか、な！』

魔龍の生命とも呼べる、魔力が失われていく。呪いは間違いなく我に作用している。龍であろうと逃れることはできない呪いが――つまり、もう我は助からないということだ。

『我は、我は呪龍ぞ!?　呪いの、魔龍ぞ……何を、した!?』

「いや、ごめん。本当に何もしてない……」

本当に申し訳なさそうな声。馬鹿な。それでは、それではコイツは――


――正真正銘、我よりも強いという事ではないか……！


我の体を浮かしていた力がフッと消え、我は地に墜落した。ずぅん、と地面に叩《たた》きつけられるが、その感触ももう感じない。薄れゆく意識の中、空に浮かぶ白龍を見る。

「……なんかその、ごめん」

なぜか我に謝る白龍。ああ、もういい。貴様は我より強い。強かったと、我が呪術により証明されてしまったのだ。もう怒る気にはなれん。結局のところ、我は貴様に傷一つ付けられなかったのだからな。

我の墜落を、死を見届けた白龍は、ゆっくりと姿を消していった……

――Side END#

幻影魔法を解除する。ああ、もうMPもすっからかんだ。とはいえ、僕のMPはたったの5だから、少し休めば全快するわけだけど。

助かった……というか魔龍が勝手に死んだ。呪いの特性からして範囲指定がまずかったのだろう。なにせ、この場には本物の龍がディーダラしかいなかった。つまり、最強も最弱もディーダラだったのだ。

一方で僕はディーダラのブレスあたりから腰が抜けて座り込んでしまったが、隕石も僕を避《よ》けて落ちたようで無傷。うーん、なんで呪いを自分も巻きこむ指定にしたんだろ……まぁ、いいか。結果として僕は助かったし、ディーダラは自爆。魔龍ですら逃げられない最強の呪い――その脅威を、自分自身で証明してしまった形となる。

「これは、何が起きたのだマルカ様？」

「簡単な事っす。ディーダラは『最弱の龍』を呪うと言っていた――つまり師匠はディーダラより遥《はる》かに強くて『最弱の龍』がディーダラだった。それだけの話っすよ！」

「な、なるほど!!……え、お師匠様ってそんな強かったのか……驚きだな」

「そっすか？　自分の師匠っすよ。当然っすよ」

マルカとカレンが話す声が聞こえる。

「師匠！　御無事っすかー！　どこにいるっすかー!?　返事してくださーい！」

「わ、私は里に知らせてこようか？　まだディーダラの息があるかもしれん、援軍を呼んで来ようじゃないか」

「師匠が完璧にブッ倒したんすから大丈夫っすよ！」

マルカが僕を探している。……まだ腰が抜けっぱなしで立てないが、幸いソウジとは違い漏らしてはいない。尊厳は無事だ。これならマルカを呼んでも大丈夫だ。


「おーい、マルカ、カレン。大丈夫だった？」

姿隠しの幻影魔法を解除し、マルカ達《たち》に声をかける。……うわっ、あっちひどいな。地面がクレーターだらけじゃないか。よく無事だったもんだ。

「あ、師匠！　そんなところに居たんすね！」

そう言ってマルカはカレンを引きずって、クレーターを越えて僕の所にまでやってくる。

「あー……マルカ。さすがに疲れたよ」

「怪我《けが》もないようで何よりっす。立てるっすか？」

「ちょっと無理かも……」

　正直あの魔龍を前に漏らしてないだけも上出来だとおもうんだけど、自分から殴りに行くほどに余裕だった弟子の前でそれを誇るわけにもいかない。

「さすがに師匠でも魔龍は強敵だったんすね。……肩を貸すっすよ。ほら、カレンも」

「う、うむ。捕まってくれお師匠様」

　僕がマルカ達の肩を借りて立ち上がると、タイミングよくキサラギの里の者達が現れる。先頭のゲンジは、地に伏し生命を終えた魔龍を見てギョッと眼《め》を見開いた。

「た、タクト殿。無事なようでなによりだが……その、これは」

「えっと……なんか、その」

　何と説明したものか。困って頬《ほお》を掻《か》いていると、ゲンジは首を横に振った。

「いや、何も言わなくとも分かる。この周囲の状況を見れば……とてつもない戦いがあったのですな」

　言われて周囲を見回せば、ディーダラの放った魔法の影響で森が抉《えぐ》れ、地面がむき出しのクレーターがいくつも出来ている。僕の周辺は不思議とあまり荒れておらず、近くでソウジが気を失って転がっている程度であった。ソウジも無傷だ。漏らしてるけど。

ゲンジは服を正し、片膝立ちになりすっと頭を下げた。里の者達《たち》もそれに合わせ、僕に向けて頭を下げる。

「……不肖の弟、ソウジまで守っていただき感謝いたす。いや、それよりも。魔龍ディーダラを倒し、この里の宿願を果たしてくださった事、なんとお礼を申し上げるべきか」

「え、いや、えーっと。お気になさらず……？」

畏《かしこ》まった態度のゲンジ。なに、昨日や今朝まであんな砕けた態度だったのに！　僕なにかしちゃいました、って、ゲンジの言う通り魔龍を倒したんだけど、違うんだよ？　龍のお友達を作って気を逸《そ》らし、隙を見て逃げようとしたらディーダラが自爆しただけなんだよ！　自分でも何が何だか分からないうちに！

「この恩は一生忘れませぬ。新たな伝説として末代まで語り継ぎましょうぞ」

「そこまでしなくても」

「良いアイディアっすね！　そうっす、師匠はもっと胸を張って誇るべきっす！　謙虚な所も素敵なんすけど、弟子としては師匠の名が売れて欲しいっすよ！」

マルカがそう言って割り込んだ。

「いや、僕、その、ステータス魔法の開発者ってだけで十分名前売れてると思うよ？」

「武勇っすよ！　武勇！　魔物討伐系の話になるといっつも自分ばかり注目されて師匠はコソコソ名声から逃げ回ってるじゃないすか！」

それは実際にマルカが魔物を葬ってるからで、僕ホントに何もしてないからだよ？

「えっと、とりあえずゲンジさん。顔を上げて立ってくださいよ。いきなり畏まられても落ち着きませんし」

「そうか？　ではお言葉に甘えて……ありがとうタクト君！　うちの娘を嫁にやろう！」

「父上ぇー!?」

「あ、それは結構です」

「お師匠様ぁー!?　やっぱりちょっと傷つくぞ!?」

そんなやり取りをして、場の空気が和んだところで「よし、今宵《こよい》は宴《うたげ》だ！　里を上げて盛大に祝うぞ！」というゲンジの宣言に、里の者達が「おおー！」と歓声を上げた。

かくして、ディーダラは滅んだ。キサラギ一族に課せられていた使命も終わった。なんかよく分からないけど……とりあえず今は、運よく生き残ったこの幸運を喜ぼう。

そうだ、魔龍素材で杖《つえ》を作ったらどうなるかな。きっと今まで誰も試した事がないだろうし、いろんな発見があるに違いない！

僕はそんな風に現実逃避をしつつ、そういえば学長からの課題ってこれで十分すぎるよね？　と遠くの空を見つめた。

エピローグ

宴《うたげ》の準備をしていると、帝都の方角の空にいくつかの影が見えた。

「なんだあれ？」

「ん？……魔力視！……おっ、ありゃペガサスだな。その上に誰か乗っているようだ」

僕が疑問に思って呟《つぶや》くと、ゲンジが目を凝らして言う。

「ペガサスに騎乗？　集団で？」

「ああ。ペガサス騎士団だ。ユニコーンと違ってペガサスは男でも乗れるし、緊急事態には飛んで駆け付けることができる」

そんな騎士団があったのか、知らなかったな。

「王族を守る近衛《このえ》騎士団だから、滅多《めった》に出ないぞ。ペガサスは貴重だし……」

「そんな貴重な部隊が、なんで飛んで――って、そうか、ディーダラか」

魔龍ディーダラが放った龍の吐息《ドラゴンブレス》で山が吹っ飛んでいる。そりゃ、王都からもこれは何事かと人を寄越《よこ》すのは当然だ。

しばらく見ていると、ペガサスの一団はやはりこちらに向かってきているようで。僕達《たち》は急遽《きゅうきょ》ペガサスを受け入れるために広場に空きスペースを作り誘導した。

総勢十騎のペガサス騎士が里の広場に降り立った。男女混成の騎士達の装備は基本的に軽装なのだが、中央に一騎のみ全身鎧《よろい》のフル装備。よくもまぁペガサスもこの重そうな鎧を運んで飛べたものだ。感心していると、里長《さとおさ》のゲンジが挨拶のため前に出た。

「ようこそキサラギの里へ。訪問、嬉《うれ》しゅうございます」

「……ゲンジ殿。これはどういうことでしょうか？　なぜ、宴の準備を？」

隊長らしい重装備の鎧の中身は、声からして女性だったらしい。

「はっ！　キサラギの里の悲願——魔龍ディーダラを討伐した祝いにございます！」

満面の笑みでゲンジが言う。

「……魔龍を、倒した？　そんなバカな、この里の戦力では……いや、しかしそうでなければこんな状況はありえませんね。事実、ですか」

「被害らしい被害は、山が抉《えぐ》れたことと、祠《ほこら》周辺が荒れた程度。魔龍相手としてはほぼ無傷と言えましょう。里の人的被害もありません」

「あちらの山も人の居ない山。確認のために人を向かわせますが、恐らく其方《そちら》も問題ないでしょう。ああ、よくぞ魔龍を……よくぞ悲願を果たしてくれましたね、ゲンジ殿」

全身鎧の騎士は、ぎゅっとゲンジの手を握った。

「勿体《もったい》なきお言葉にございます、姫様。……しかし、此度《こたび》の件は娘の師、特級魔導士の夕クト殿のお陰にて、我らの成果にございません」

と、ゲンジはそこで僕を見た。鎧《よろい》の人も僕を見る。

「……僕はほとんど通りすがりみたいなものなので、無視してくださって結構です」

僕はそう言うのが精いっぱいだった。実際、魔龍は自滅しただけだし。

「まぁっ！　オクトヴァル殿ではありませんか！」

全身鎧の騎士はがしゃんと音を立てつつこちらを向いて言った。

「えっと。失礼、どなたでしょう？」

「ああ。すみません、この兜《かぶと》だと顔が分からないですよね。んしょっと」

そう言って兜を外すと——そこには、このリカーロゼ王国第二王女、コッコナータ殿下のご尊顔が現れた。

「……で、殿下。ご機嫌麗しゅう——」

「あっ！　コッコ先輩！　お久っす！　元気そうっすね！」

「こらマルカ!?　ここは学園じゃない、姫殿下に不敬だぞ!?」

流石《さすが》に学園の外なので慌ててマルカを止める——と、コッコナータ殿下が「かまいませんよ」と首を振った。

「よほど侮られないと不敬罪とかいいませんよ、学園の先輩後輩の仲ではありませんか。

ふふ、マルカちゃんも元気そうですね……私、オクトヴァル殿が来るのをずっと生徒会室で仕事をしながら待っていたのに、全然顔を見せてくれないのは寂しかったですけれど」

「す、すみません……社交辞令かと思っていました」

「まぁ！　私はオクトヴァル殿と話したくて仕方なかったというのに！……今度、是非いらしてくださいね。お茶菓子を用意しておきますので」

これは、どういう呼び出しだろう……王国貴族の一員として、王族の誘いを断るのはできない、よなぁ……

「……お忙しいでしょうし、時間を指定していただければそれに合わせて出向きますよ」

「分かりました。スケジュールを確認して後日お誘いしますね」

ニコッと笑う姫殿下。そして、鎧の腰に下げた杖《つえ》ホルダーをそっと撫《な》でる。意味深に……あっ。僕の杖だコレ。そういえばネシャトが、殿下も僕の杖のファンとか言っていたっけ。

……ん？　もしかして、コッコナータ殿下は僕が杖の作者だって気付いている？　王族の情報網なら知っててもおかしくないけど。特段隠してる話じゃないし、おじい様も王族に聞かれたら正直に答えるだろう。むしろ本命の隠し事——僕の秘密を隠すための隠れ蓑《かくみの》として使われてそうだ。

「それはそうと、魔龍をオクトヴァル殿が倒したというのは事実ですか？」

「事実っす！　自分達《たち》の目の前で、師匠が魔龍ディーダラをブッ殺したっす！」

おいマルカ、勝手に答えるんじゃない！　こういうのはもっと言葉を選んで後々問題にならないよう慎重に慎重を重ねて答えるべき事！　相手が王族だと「やっぱ嘘《うそ》でした！」は効かないんだぞ!?

「あー、その、詳細については後日正式に。……勝手にまずかった、ですかね？」

「そんなことはありません。むしろよくやってくれました。我々も無駄に命を散らすことなく生還できますし……ああ、あなた達。後続部隊に連絡を」

コッコナータ殿下の指示で、数騎のペガサス騎士が飛んでいく。……ん？　姫殿下を含む部隊なのに、決死の先遣隊みたいな扱いだったのか？　いややめよう。追及すると王族の闇に触れそうだ。

「そうだゲンジ殿。魔龍の死体はどちらに？」

「あちらで解体中です。おお、そうだ姫様も宴《うたげ》に参加なされますか？　王城のモノと比べたらささやかですが」

「お気持ちは嬉《うれ》しいのですが、魔龍関連で色々と忙しくなりますので……」

ゲンジがコッコナータ殿下を連れていく。

「……ふぅ、緊張した」

「師匠、そこまで緊張するんすか？……これは相性の問題っすかねぇ」

やれやれ、と肩をすくめるマルカ。お前が能天気なだけだと思う。

「王族相手だぞ、そりゃ緊張するだろ」

「さすが王族って納得する程大らかかっすよ、コッコ先輩」

……そういうもんか？　まぁ、実際マルカの無礼な態度を許されているのは寛大と言えるんだけど。

ともあれ、ああまで言われてしまっては今度、挨拶に行かねばならないだろう。コッコナータ殿下の忙しい頃合いを見計らってササッと終わらせられれば幸いだが。もし杖《つえ》の作者として話を聞かれたら長引くかもしれない。

その後、コッコナータ殿下はペガサスに乗って帰路につかれ、一方でキサラギの里では三日三晩続く盛大な宴が開かれた。僕はディーダラを単身討ち取った英雄ということで強制参加——のところを、力を使い果たして疲れたので休ませてほしい、と強引に抜けた。

これもまた英雄権限だ。代わりにマルカとカレンが参加してくれた。

魔龍ディーダラの超巨大魔石については討伐の証拠としてコッコナータ殿下が持って行ったが、その代わりキサラギの里にあるディーダラ封印用に集められていた魔石の一部をもらえることになった。一部といっても山ほどの量だ。

「こんなにもらっちゃっていいんですか？」

「ああ、代金は国が払ってくれるらしいから気にせず持っていくと良い。残りの魔石も売り払えば新たな仕事の初期投資になるだろうし、里の財政も持ち直すだろう」

そう語るゲンジの顔は、さすが里長《さとおさ》という凛々《りり》しいものだった。

そんなわけで僕はお目当ての魔石を山ほど手に入れ、他にも持てるだけの大量の魔龍素材をもらって帰ることになった。

「帰ったら僕、魔龍素材で色々作るんだ……ふふっ、楽しみだなー」

僕は後の面倒事から目をそらし、杖《つえ》職人としても研究的にも色々と成果の多い旅行になったな、と思いつつ僕らは王都に帰還した。

「……魔龍を倒しておいてただの素材扱い。お師匠様はすごいなマルカ様」

「師匠には所詮ただの黒トカゲだったたってことっすよ、カレン」

あーあー、聞こえない。聞こえなーい。

＊＊＊

ディーダラ討伐の説明のために僕は王城へと呼び出された。

「それではタクトよ。話を聞こうか」

「あ、はい。おじい様」

案内されたのは城内の執務室。そこで祖父ダストン・オクトヴァルが待ち受けていた。

現役の宮廷魔導士筆頭であるし、血縁の方が気が楽だろうという配慮である。ついでに、他の魔導士は席を外していた。職権乱用、とも思ったが都合が良いので口を挟まないでおく。

「しかし、何から話すべきですかね」

「いい具合に纏《まと》めて報告するので、ざっとでいい。ざっとで」

「宮廷魔導士筆頭がそんな不正みたいなことしていいんですか？」

「……ＭＰ５で魔龍を退治しました、などと言っても誰も信じまいよ」

それもそうだ。

「むしろ、おじい様は信じてくださるので？」

「まあな。これでも儂《わし》はお前の祖父じゃし、現実として魔龍の死骸が存在する以上信じるしかないだろう？……どうせあれじゃろ？　幻影魔法で龍を出して、魔龍がそいつを呪い殺そうとして自爆したんじゃろ。呪いは相手をしっかり認識しなければ自らに返るものよ、その点誤魔化《ごまか》しが得意な貴様とは相性がひたすら悪かったのだろうな」

「その通りですおじい様」

あの、僕がここに来た意味ありました？　と言いたいくらいにバッチリ正解だ。マルカから事前に手紙で事の次第を伝えられたのだろうか。

「陛下に貴様の秘密がバレぬよう上手《うま》く報告する必要もある。ボロが出ぬようしっかりと口裏を合わせるぞタクトよ」

「ええ……陛下にそれでいいんですかおじい様？」

「構わん。既に陛下の耳にも報告が入っていてな、貴様を飛び級で学園を卒業させてはどうかとか聞かれたのだ」

「いいじゃないですかそれ！」

それはザコ魔力がバレる前にさっさと卒業できる素晴らしい褒美だ！　だが、おじい様は首を横に振る。

「いや、こちらでそれは辞退しておいた」

「何故《なぜ》ですかクソジジイ！」

「『魔龍を倒すほどの腕前の持ち主だ、今すぐ卒業させて宮廷魔導士団に入れてもいいのではないか』と言われたのだ……魔龍を討伐した男として鳴り物入りで入団したかったか？　訓練で死ぬぞ貴様」

「あ、はい。止めてくださってありがとうございますおじい様」

宮廷魔導士団とかとんでもない。ＭＰ５の僕はすんなり納得した。

「であろう。儂《わし》の権限と口先でどうにか食い止めたのだ、このまま無事学園を卒業するがよいぞ、タクト」

「はい……」

はぁ、とため息をつく。まだまだ秘密を抱えたままの学園生活は続きそうだ。

「あ。せめて魔龍討伐の功績は隠したりとか」

「無理じゃな」

「えっ⁉　そこ大事なところでしょう、なんでです⁉」

「既に陛下の耳に入っていると言っただろう？　姫様やキサラギの連中が新たな伝説と言って言いふらしておるぞ。今更隠してなんになる？」

コッコナータ殿下は言うに及ばず、最盛期には及ばないものの未《いま》だにキサラギの名前には影響力はあるらしい。なんてこった。

「儂から上げる報告は、ある程度この話に沿った形にしておく。単独ではなく数名であったのを大げさに言っているだけだ、といった具合かのう。それでも、少人数であったことには変わりないが……」

「どちらにしても僕が討伐したことになるんですかね、おじい様」

「さすがは特級魔導士様、と既に評判じゃな」

ああもう、と僕は頭を抱えた。これでは学園でも注目を浴びてしまう。注目を浴びるということは、秘密がバレやすくなるということ。ああもう、ああもう。

「しかし悪い事ばかりではない。国家の一大事を救った功績があれば、色々バレても死なずとも済むかもしれんじゃろ？」

おじい様にそう言われ、僕はハッと顔を上げる。

「た、確かに……！　国を救った英雄ってことならなんとかなるかも！」

「儂《わし》だって可愛《かわい》い孫を殺したくはないからのう」

やれやれ、と首を振るおじい様。

「よろしくお願いしますよおじい様！」

筆頭宮廷魔導士の立場と口の上手《うま》さはおじい様の最大の長所なんですからね！

「であれば、魔龍素材を少し融通せよ。付け届けに使うでな」

「……くっそ、半分までですよ!?」

少し惜しいが、少し惜しい程度なのだ。それで命が買えるなら安いモノ。僕はおじい様に魔龍素材を渡す約束をした。まぁ、半分渡してもかなりの量が残るし。

王城から貴族街のオクトヴァル家別宅に帰還する。王城からの送迎馬車から降りて家の扉を開けると、そこにはマルカが居た。ちゃんと留守番していてくれたようで何よりだ。

「ただいま、マルカ」

「お疲れっす師匠ー！」

いつも通りの元気な声。少しやかましいけど、落ち着くなぁ。

「大旦那様とのお話はどうだったっすか？」

「あ、うん。王様に話す内容はしっかり纏《まと》まったし、報告もおじい様に任せたよ」

椅子に座って「ふぅ」と息を吐く。あぁ疲れた。

「なんかさっさと卒業して宮廷魔導士団に入らないかっていう話になってたらしい……」

「えっ⁉　師匠、入学したばかりなのに卒業しちゃうんすか⁉　自分を置いてかないで欲しいっすよ⁉」

「いや、まぁそこはおじい様が止めたから卒業はまだ先だよ。普通に卒業する予定」

「そうなんすか、ホッとしたっす……あ、でも大旦那様が止めたんすね？」

「ん？　そうだけど」

「つまり、やっぱりまだ目的が果たせてないからっすね！」

「？　そうだね？」

目的ってなんだ？　別に無事卒業する以外の使命を帯びてるつもりはないぞ。と思いつつ空返事する僕。

……でもよく考えたら、今回は先送りにしただけ。このままだと卒業したタイミングで宮廷魔導士団に入れ、とか言われそうだし何か対策を考えとかなきゃいけない。

「ねぇマルカ。宮廷魔導士団に入らないにはどうしたらいいと思う？　犯罪以外で」

「えっ？　うーん、そんなの考えた事も無かったっす。師匠は宮廷魔導士団に入りたくないんすか？　みんなの憧れっすよ？」

「そりゃねぇ。僕はオクトヴァル領でのんびり暮らしたいだけだし」

ちなみにおじい様は転移魔法を使って王城まで通勤している。これは筆頭宮廷魔導士だから許されている特別措置だし、転移魔法の莫大《ばくだい》な消費があってなお揺るがないMP量があるからだ。

「……ちなみに、ギリギリ犯罪未満ってのはアリっすか？」

「合法ならまぁ。案を聞こう」

「うっす！　やっぱり宮廷魔導士団といえば皆の憧れっすから、評判を落とすような人物は入るなって話になるんじゃないすかね。つまり」

「……今回の件が霞《かす》むほど、悪い評判があればいいってことだね？」

「そうっす！　メイドに手を出すとか、未亡人とねんごろの関係だとか、幼女でも見境なくデートに誘うとか！」

なぜ女性関係ばかりなのか。いやしかし、確かに評判が悪く犯罪にならないといえば女性関係というのは定番だろうけど。

「学校の成績が悪い、とかじゃダメかなぁ」

「え、師匠の頭と魔法の腕前でそれは逆に無理っすよね？」

うん、まぁ卒業できなきゃ本末転倒だし、卒業できる程度の成績があれば今回の成果と合わせて十分宮廷魔導士団に入れられるだろう。となるとあとは犯罪か、マルカの言う通り女性関係のスキャンダルで評判を下げるくらいしかない。

「……」

問題は僕にそういうコミュ力がない事だけども。ナンパってどうやるんだろう。初めて会った人と何話せばいいのさ？　分からないよそんなの。ボロしか出ない自信がある。もしそれでMPの低さが露呈しようものなら目も当てられない。

「ありがとうマルカ、参考になったよ」

「お役に立てて何よりっす。じゃ、手始めにまず自分に手を出すといいっすよ」

「まって？」

僕はマルカを止めた。

「……僕には女性関係のスキャンダルは難しそうだな」

「師匠ってば奥手っすからねぇ。でも、師匠ほどのお方なら一番上の憧れである宮廷魔導士団に入って当然だと思うっす。次点でもオラリオ魔導学園の教師っすね」

どちらにせよMP5の僕には土台無理な職業だ。

「なんで杖《つえ》職人は憧れの職業じゃないんだ……」

「魔法が使えない人には関係ない職業だからじゃないっすか？　知名度も低いし」

それを聞いて、僕の脳裏にピンと線が走った。

「……つまり、魔法が使えない人にも使える魔法杖を作れば、知名度も上がって杖職人が憧れの職業になる……？」

なんてこった。全ては一つにつながっていたんだ。

僕が、魔法を使えない僕でも魔法を使える杖を作れれば、その杖をもってしてオラリオ魔導学園を卒業できるし、杖職人は憧れの職業となり、「宮廷魔導士より杖職人になって欲しい」という流れに持っていける！

つまり僕は大好きな杖作りを頑張れば良かっただけなのだ！　ネシャトと研究して、魔力がなくても使える魔法の杖を作るのだ！

「……ありがとうマルカ。道が開けたよ！　じゃあまずはネシャトに連絡を――」

「待つっす！　女性関係のスキャンダル第一号は身近な、自分に手を出して、にするといいと思うんすよ!?　さあ！」

「まって？　まだその話続いてたの？」

僕は再びマルカを止めた。

#Side　オラリオ魔導学園　学長室

オラリオ魔導学園学長室。そこで、学長は一人不敵にほほ笑んでいた。

「よもや、魔龍を討伐するとはね。ふふふ」

確かに課題としてドラゴンを倒せとは言ったが、まさかその頂点である魔龍を倒してくるとは。

王宮からの公式発表で『特級魔導士タクト・オクトヴァル及びその弟子、そしてキサラギ一族の働きにより、トーラス山に大穴を開けた魔龍ディーダラは即日討伐された』と広報されるそうだ。国からも保証された功績。もうタクト達《たち》の特別入学に文句をつける者は居ないだろう。その点で言えば、これ以上なく完璧に課題をこなしたわけだ。

王都は突如現れた脅威と、それを退けた英雄の噂《うわさ》で持ち切りである。キサラギ一族による長年の封印で弱っていた魔龍を、『天才魔導士』タクトが弟子と共に討伐したらしい、と。

「おめでたい連中だ。魔龍を、ただの人間が斃《たお》せるわけないというのに」

魔龍を知らない王都の一般人には、魔龍と言ってもせいぜい『物凄《すご》く強いドラゴン』程度の認識だろうが、より詳しく知る者の見解はまた変わってくる。魔龍は魔法攻撃で一切ダメージを受けない。封印で足止めはできたかもしれないが、つまり、魔導士がどうやっても勝てる相手ではない筈《はず》なのだ。

「であれば、考えられるのは一つ」

魔法は効かない——が、例外はある。龍と同格以上の存在からの魔法だ。

「……忌み子、魔王種か。この歳《とし》まで生きている時点で、既に覚醒は成っていると見ておくべきだったな」

特別入学のオマケとして許可した、従者の入学。ダストンからは聞いていたが、タクトは従者としてハーフエルフの忌み子を連れていた。弟子として。

「老人連中のほざく戯言《たわごと》だと思っていたけど、あながち馬鹿にできないな」

魔王種の覚醒、それはすなわち世界の危機だ。魔龍がこのタイミングで復活したのも偶然ではなかったのだろう。そして、今頃は故郷であるエルフの里にも『ハーフエルフの忌み子が魔龍を討伐した』という話が伝わっているはずだ。

「あのレクトの息子が、こんな杜撰《ずさん》な情報漏洩《ろうえい》を許すはずがない。噂を広める意図があるのだろう……まったく、何を企《たくら》んでいるのか分からないのはあいつの息子らしい事だ」

亡くなってまだ数年しかたっていない友、レクトのことを思い出し、その教育を受け育ったタクトも同様であろうと考える学長。何を考えているか分からない秘密主義の男で、しかし最終的にはレクトにとって最良の結果となる。それがレクトという人物だった。

そして、今の状況はレクトの深慮遠望に翻弄されている時によく似ていた。あの父親にしてこの息子ありだ、と学長は確信している。

間違いなくエルフの里が動く。しかしそれは、きっと『天才魔導士』の狙い通り。そもそも学園に忌み子を連れてきた時点で、隠す気はなかったのだろう。まさか魔導四家であるオクトヴァルの次期当主が、魔王種について一切知らないということもあるまいし。

「一体、何を企んでいるのやら」

人間の成長は早い。その中でも、タクトは間違いなく早熟と言っていい。

とりあえず学長は、エルフの里の元老院に向けて手紙を書くことにした。一応自分は人間とエルフの窓口なので、この件に関して報告を入れないという選択はない。ただし『軽率なことをしないように』と忠告の言葉を添えておく。

「さて、友の息子と自分の故郷、果たしてこれはどちらのための忠言だろうか？」

そう思いつつも、学長は手紙を書き上げ、封蝋《ふうろう》をして里に送った。

——Side END#

あとがき

今、新たな物語の幕が上がる……というわけで新シリーズが始まりました。お師匠様が毎回苦労しそうな気がした人は多分正解です、仕方ないね。私ってば主人公が苦労する話がもうそりゃ大好きなので。でも、ちゃんと良い事も起きるからいいよね？という飴《あめ》と鞭《むち》仕様（ただし主人公が望んでいる飴とは限らない）です。まぁ、アダムとイヴの時代からこういう飴と鞭は定番のひとつですよ、ええ。多分。そして今回も、そりゃぁ沢山の皆さんにお世話になってます。校正さんにデザイナーさん、めっっちゃ可愛《かわい》いマルカ達《たち》をマジでヤバい次元で描いてくれたとしぞうさん、あと編集さん達のおかげで今作はこの世におくり出されました。有難うございます、今後とも宜《よろ》しくお願いします。私も日々精進してより良い小説を生み出したい所存。そして可能ならばアニメ化という甘露な蜜をください！　オファー待ってます！　はい。ちなみに今回あとがき1Pということで主人公のタクト達や本編について語るスペースがあまりない。故に改行少なくてごめん、ぎっちり文字を詰めています。というわけで本編にまつわる裏話。魔法陣の古代文字部分。日寺間イ亭止は、時間停止の漢字をバラして読んでしまっただけです。サカッチ先生なら笑って解説してくれるでしょう。そしてそのまま古代文字の講釈へ……っと、もうページが限界ですね。それではみなさん、また次の機会にお会いしましょう。

鬼影《おにかげ》スパナ

MF文庫J

ハリボテ魔導士と強くて可愛すぎる弟子

2022年10月25日 初版発行

著者 鬼影スパナ

発行者 青柳昌行

発行 株式会社 KADOKAWA
〒102-8177 東京都千代田区富士見2-13-3
0570-002-301（ナビダイヤル）

印刷 株式会社広済堂ネクスト

製本 株式会社広済堂ネクスト

Printed in Japan ISBN 978-4-04-681829-4 C0193

◇◇◇

【ファンレター、作品のご感想をお待ちしています】
〒102-0071 東京都千代田区富士見2-13-12
株式会社KADOKAWA MF文庫J編集部気付「鬼影スパナ先生」係「としぞう先生」係